WIENER SAMMELSURIUM

Gewidmet
meiner Mutter Emmy
– einer überzeugten Wienerin –
meiner Tochter Kiara
– einer von mir erzeugten Wienerin –
und Nicole, der Meinen,
die der Meinung ist, dass dieses Buch eigentlich
Leopoldine Hawelka gewidmet sein sollte.

Herzlichen Dank für Tipps, Hinweise und Bestätigungen an Beate Maisner (profil), Iris Fink (Österreichisches Kabarettarchiv), Richard Vratil (Trześniewski), Christian Riehs (ORF), Nicole Kolisch, Sascha Krasny, Boris Eder, Johannes Sachslehner, die Wiener Linien, MA 48 und viele Informanten mehr – persönlich, am Telefon und im WWW (insbesondere auf blackbox.net und reflex.at).

Harald Havas

WIENER SAMMEL SURIUM

Pichler Verlag

BILD- UND QUELLENNACHWEIS

Souvenirartikel aus Wien: 13 (oben), 32, 51, 71, 101, 116, 130, 151, 161, 168
Zeichnung Friedrich Kral, Wien: 15
Sammlung Dr. Ingrid Hänsel: 34 (Hans Schließmann), 43, 68, 77, 90 (unten), 95, 98 (Hans Schließmann), 105 (Hans Schließmann), 122, 123, 124 (Hans Schließmann), 125 (Rebus-Illustration aus der „Wiener Allgemeinen Zeitung"), 139, 140, 165
Felician Myrbach von Rheinfeld: 55
Ladislaus Kmoch: 84 (aus: Harald Havas und Gerhard Habarta, Comics Welten. Wien 1993)
Rudolf Schlauer, Begegnung mit dem Wiener Rathausmann (Wien 1985): 18 und 19 (Fotos: Fritz Dürr)
www.gemi.at/Ortstafeln (© gemi): 49
Aller anderen Vignetten: Archiv Pichler Verlag
Autor und Verlag bedanken sich für die freundlichen Abdruckgenehmigungen. Die Rechtslage bezüglich der einzelnen Bildvorlagen wurde sorgfältig geprüft. Eventuell berechtigte Ansprüche werden bei Nachweis vom Verlag in angemessener Weise abgegolten.

IMPRESSUM

Internet: www.styriapichler.at

Fotoredaktion und Bildtexte: Johannes Sachslehner
Umschlaggestaltung: Bruno Wegscheider
Buchgestaltung und Satz: armanda,geisler Wien
Reproduktion: Pixelstorm, Wien
Druck und Bindung: Druckerei Theiss GmbH, A-9431 St. Stefan
Printed in Austria
ISBN 3-85431-375-6

Zum Geleit

Natürlich gibt es auch andere Sammelsurien.
Auch Sammlungen – mehr oder weniger – nutzlosen Wissens und – mehr oder weniger – interessanter Listen.
Nennen wir sie Inspirationen, Vorbilder. Vorbilder, denen wir uns ausgesprochen ehrfürchtig – und nur möglichst wenig epigonal – nähern wollen.
Wobei sich Letzteres eigentlich von selbst versteht – gleicht doch kein Sammelsurium wirklich dem anderen. Denn dies ist die Natur der Sammelsurien.
Daher wollen wir hier nicht dem britischen *understatement* und der britischen *sophistication* nacheifern, nicht die deutsche Gründlichkeit plagiieren und den deutschen Humor, sondern diesen insularen und bundesgenössischen Eigenschaften Wiener Charme entgegensetzen und eine Prise Wiener Schmäh.
Damit dieses Sammelsurium eindeutig ein wienerisches ist: in Form, Inhalt und Stil.
Oder, um mit André Heller und seinen chinesischen Freunden zu sprechen: *Möge die Übung gelingen.*

Übrigens: Wussten Sie, dass Wiens Fiakerpferde
jährlich 3.041.667 Pferdeäpfel produzieren?
Eben.

Harald Havas

Korrekte Anreden in Wien

Papst .... *Eure Heiligkeit, Heiliger Vater*
Kardinal .... *Herr Kardinal*
Erzbischof .... *Herr Erzbischof*
Bischof .... *Herr Bischof*
Dechant, Priester .... *Herr Pfarrer*
Nonne .... *Schwester*
Bundespräsident .... *Herr Bundespräsident*
Minister .... *Herr Bundesminister*
Hochgestellte Persönlichkeiten des
öffentlichen Lebens (z. B.: Ministerialrat) .... *Herr Ministerialrat*
Gattin .... *Gnädige Frau*
Persönlichkeiten des privaten Lebens
(z. B.: Direktor) .... *Herr Direktor*
Gattin .... *Gnädige Frau*
Geschäftsmann, Beamter .... *Herr (Nachname)*
Gattin .... *Gnädige Frau*
Botschafter,
Gesandter .... *Eure Exzellenz, Herr Botschafter, Herr Gesandter*
Rektor der Hochschule .... *Eure Magnifizenz*
Dekan .... *Eure Spektabilität*
Akademische Grade und Titel (z. B.: Dr. jur.) .... *Herr Doktor*
Gattin .... *Gnädige Frau*

(zitiert nach „Der neue Elmayer – Gutes Benehmen immer gefragt")

Die Nackte, das U-Boot und die Handys

Hedy Lamarr, am 9. November 1914 als Hedwig Eva Maria Kiesler in Wien geboren, errang in Hollywood Weltruhm und gilt bis heute als eine der schönsten Frauen der Welt.

Für internationales Aufsehen sorgte sie erstmals 1933, als sie als gerade 18-Jährige in dem tschechischen Film „Ekstase" die erste Nacktszene der Filmgeschichte spielte. 1937 verließ sie Wien und ging zunächst nach Paris, dann nach London. Dort wurde sie von MGM-Boss Louis B. Mayer entdeckt, der sie nach Hollywood holte und ihr einen neuen Namen gab.

1940 erfand sie eine neue Methode, U-Boot-Torpedos über Funk fernzusteuern, indem das Steuersignal über mehrere Frequenzen verteilt wurde. Die Idee wurde von der US-Armee aufgegriffen, aber erst nach dem Zweiten Weltkrieg als „Frequency Hopping" eingesetzt. Zahlreiche Weiterentwicklungen basieren auf dieser Idee Hedy Lamarrs.

Das US-Militär setzt es bis heute ein (z. B. bei „Milstar“, dem militärischen Satellitenabwehrsystem der Vereinigten Staaten) und es wird auch weiträumig zivil benutzt. Unter anderem basieren die Funkverbindungen von Schnurlos- und GSM-Mobiltelephonen auf der Erfindung von Frau Kiesler.

Dodel auf der Rodel

Rodelwiesen in Wien (lfm – Laufmeter)

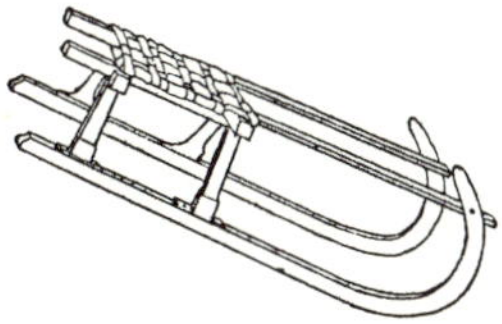

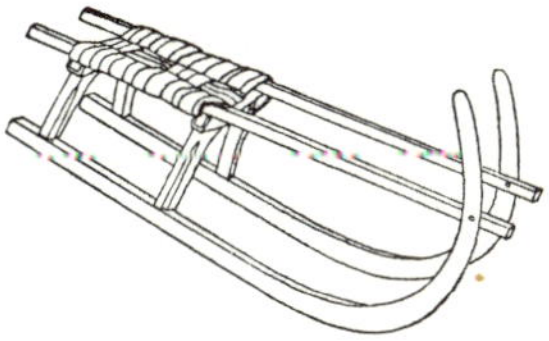

2., Prater-Jesuitenwiese, 40 lfm
2., Prater-Konstantinhügel, 15 lfm
2., Venediger Au, 10 lfm
2., Engerthstraße/Innstraße, 10 lfm
2., Prater Lusthaus/Großenzersdorfer Allee, 20 lfm
3., Stadtpark (Kinderpark), 50 lfm
3., Schweizergarten bei Heeresmuseumstraße, 50 lfm
4., Alois-Drasche-Park, 50 lfm
5., Einsiedlerpark, 10 lfm
5., Rudolf-Sallinger-Park, 30 lfm
6., Esterhazypark, 15 lfm
6., Alfred-Grünwald-Park, 40 lfm
9., Arne-Carlsson-Park, 30 lfm
9., Liechtensteinpark, 30 lfm
10., Alfred-Böhm-Park, 40 lfm
10., Waldmüllerpark, 25 lfm
10., Otto-Benesch-Park, 25 lfm
10., Fortunapark, 20 lfm
10., Holzknechtstraße, 10 lfm
10., Volkspark-Laaerberg, 70 lfm
10., Kurpark-Oberlaa, 250 lfm
10., Löwygrube, 260 lfm
10., Heuberggstätten, 300 lfm
10., Johann-Benda-Park, 25 lfm
11., Lorenz-Reiter-Straße, 60 lfm
11., Eisteichstraße, 45 lfm
11., Luise-Montag-Park, 70 lfm
11., Huttererweg, 65 lfm
11., Muhrhoferweg, 70 lfm
12., Am Schöpfwerk, 20 lfm
12., An-den-Eisteichen, 80 lfm
12., Endergasse/Karl-Kraus-Gasse, 20 lfm
12., Tivoligasse/Grünbergstraße (Marillenalm), 150 lfm

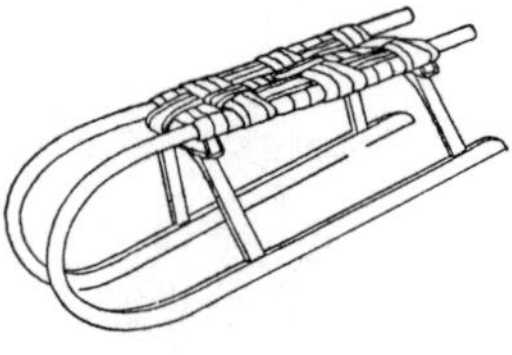

13., Wlassakgasse/
Nazarenerwiese, 110 lfm
13., Roter-Berg, 120 lfm
13., Maxingpark, 15 lfm
14., Lagerwiese Wolfersberg,
200 lfm
15., Dadlerpark, 20 lfm
15., Auer-Welsbach-Park, 20 lfm
15., Rohrauerpark, 70 lfm
15., Braunhirschenpark, 30 lfm
16., Kongreßpark, 30 lfm
18., Pötzleinsdorfer-Schloßpark,
75 lfm
19., Hintergärtengasse/
Hohe-Warte, 90 lfm
20., Spielmanngasse/
Dietmayrgasse, 10 lfm
20., Universumstraße/ Winarsky-
straße, 5 lfm
21., Carabelligasse, 40 lfm
21., Gruam (Freiligrathplatz),
50 lfm
21., Großfeldstr./
St.-Michael-Gasse, 45 lfm
21., Wasserpark, 80 lfm
21., Adolf-Loos-Gasse 4, 20 lfm
21., Adolf-Loos-Gasse/
Doderergasse, 15 lfm
21., Adolf-Loos-Gasse/Oswald-
Redlich-Straße, 40 lfm
21., Adolf-Loos-Gasse/
Schererstraße, 45 lfm
21., Haspingerplatz, 70 lfm
21., Hahnemanngasse, 30 lfm
21., Langfeldgasse 6, 30 lfm
21., Luckenschwemmgasse,
60 lfm
21., Denglerpark, 60 lfm
21., Koschakergasse 18/Dominik-
Wölfel-Gasse, 30 lfm
21., Koschakergasse 30, 35 lfm
21., Kürschnergasse/
Gitlbauergasse, 35 lfm
21., Kürschnergasse/
Wassermanngasse, 80 lfm
21., Pastorstraße ggü. 29,
80 lfm
21., Pastorstraße/
Dopschstraße, 70 lfm
21., Robinsonspielplatz
Tetmajergasse, 15 lfm
21., Josef-Grössing-Park,
160 lfm
22., Donaupark/
Kaffeehaushügel, 100 lfm
22., Badeteich Hirschstetten,
50 lfm
22., Hirschstettner Aupark,
60 lfm
22., Polgarstraße, 10 lfm
22., Quadenstraße/
Hirschstettnerstraße, 30 lfm
22., Düsseldorfstraße, 10/15 lfm
22., Kagraner Anger, 10/20 lfm
22., Rennbahnweg, 20/25 lfm
22., Lagerwiese Kaiserwasser,
25/30 lfm
22., Lagerwiese Rehlacke,
30/40 lfm
22., Ziegelhofstraße, 10 lfm
22., Melangasse, 40/50 lfm
22., Jakob-Bindel-Park,
20/25 lfm
23., Rösslergasse, 20 lfm
23., Friedtjof-Nansen-Park,
60 lfm
23., Tullnertalgasse, 30 lfm

Einige wienerische Ausdrücke mit französischer Wurzel

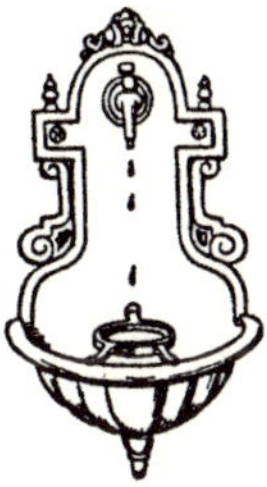

antechambrieren
andienern
antichambre = Vorzimmer

Bassena
Wasserleitung am Gang
bassin = Becken,
Bassin od. Bassine = Wanne, Kessel

Bummerl
Schlechtpunkt (beim Spiel), Pech
pommes = Apfel, Knopf

Buserer
Stoß . . . . . *poussée (d'arrière) = Stoß (von hinten)*

echauffieren, sich
sich aufregen . . . . . *s'échauffer = sich erwärmen, wütend werden*

flanieren
bummeln . . . . . *flâner = umherschlendern, bummeln*

gschaßt
weggejagt . . . . . *chasser = (hinaus-, ver-, weg-)jagen*
(davon auch: obschassln = Wr. f. abwimmeln)

gscheckert
gepunktet, mit Sommersprossen . . . . . *échecs = Schach*

Kombinäsch
Unterwäsche . . . . . *combinaison = Unterrock*

Lawur
Waschschüssel . . . . . *lavoir = Spülbecken, Waschplatz*

lescher
zwanglos . . . . . *leger, legère = leicht, anmutig, locker, lose*

marod
krank . . . . . *marauder = plündern, marodieren,*
aber auch: sich ins Nachtleben stürzen

Melange
Melange . . . . . *melanger = mischen*

Parte
Totenzettel . . . . . *faire part = mitteilen*

Pasch
gleiche Augen beim Würfelwurf . . . . . *vermutl. von „passe-dix" =*
frz. Hazardspiel

Plafon
Zimmerdecke . . . . . *plafond = Zimmerdecke*

Polier
Vorarbeiter . . . . . *parleur = Sprecher (einer Gruppe)*

Pomfineberer
Bestatter, Leichenträger ...... *pompes funèbres = Beerdigungsinstitut*
Potschamberl
Nachttopf .... *pot de chambre = Nachtopf*
pressant, pressieren
eilig, eilig haben .... *pressant = eilig, dringend*
Reschoo
Gasherd .... *réchaud = Heizplatte, Kocher*
Rolloh
Rollvorhang .... *rouleau = Rolle*
schmafu
egal .... *J(e) m'en fous = da pfeif ich drauf*
Tschäsn
Karre .... *chaise (a porteurs) = Sänfte, chaise de Poste = Postkutsche*
tuschen
krachen .... *toucher = berühren*
Wuckerln
Locken .... *boucle = Ring, Schnalle, Spange, auch: (Haar)Locke*

Brasilien

Erzherzogin Leopoldine von Habsburg, Tochter von Kaiser Franz I., gilt als die „Landesmutter Brasiliens“, war die eigentliche Wegbereiterin der Unabhängigkeit des Landes und wird heute noch als „Imperatriz Leopoldine“ geehrt und gefeiert. Das Gelb in der Brasilianischen Flagge ist im Übrigen das österreichische Kaisergelb.

Donauquerungen

(von Nord nach Süd)

Nordbrücke
Nordsteg
Floridsdorfer Brücke
Nordbahnbrücke
Brigittenauer Brücke
Reichsbrücke
Praterbrücke (4. Donaubrücke)
Stadlauer Ostbahnbrücke
Personenfähre
Kraftwerk
Rohrbrücke
(Barbara-)Rohrbrücke

Bordelle in Wien

Die Frage, ob es in Wien Bordelle gibt, gilt als nicht geklärt.
Nach ersten Erwähnungen im 14. Jahrhundert waren bis ins 16. Jahrhundert drei Freudenhäuser bekannt: zwei am Wiedner Tor (Nähe heutiger Naschmarkt) und eines im Stadtzentrum am Tiefen Graben.
Schärfere Moralgesetze unter Ferdinand I. und Karl V. gegen *Hurerey und Kuppeley* unterbanden die offiziellen Häuser. Auch Josef II. weigerte sich Bordelle wieder einzuführen („Spannen Sie nur ein großes Tuch über Wien und seine Vorstadt, dann haben Sie gleich ohne Mühe – ein privilegiertes Hurenhaus“), obwohl er selber bei einem inkognito Besuch eines Animierlokals (Löberl, heute: Witwe Bolte) am Spittelberg hinausgeworfen worden sein soll. Auch ein Aufruf zur Errichtung eines Bordellhauses in einer revolutionären Flugschrift des Jahres 1848 wurde nicht umgesetzt.
Bordelle sind – trotz deutlicher Gegenbeweise – in Wien bis heute de facto nicht erlaubt.

Wien, linksverkehrt

In Wien gab es im Straßenverkehr auch noch nach dem 1. Weltkrieg Linksverkehr. 1929 wurde vom Parlament endgültig die Einführung des Rechtsverkehrs in ganz Österreich beschlossen. Einige Bundesländer stellten sofort um, Wien wollte am 1. Dezember 1932 auf Rechtsverkehr umstellen. Es kam aber zu Verzögerungen und Wien und Ostösterreich stellten daher erst nach dem „Anschluss" an Nazi-Deutschland am 18. September 1938 um. Das gilt auch für die Straßenbahn.

Die Eisenbahn verkehrt in Wien allerdings, wie in ganz Ostösterreich, noch immer links.

Die Wiener Schnellbahn gehört zur Bundesbahndirektion Wien und verkehrt deshalb ebenfalls links. Nur die Linie S 45 wird im Rechtsverkehr betrieben.

Die Stadtbahn fuhr links und erst im Zuge der Umstellung auf die U-Bahn wurden die Stationen umgebaut und auf Rechtsverkehr eingestellt. Als letzte wurde im Jahr 1989 die Linie U 6 umgestellt.
Die Liliputbahn verkehrt übrigens ebenfalls rechts.

Alle Wiener Postleitzahlen

1004, 1010, 1012, 1013, 1014, 1015, 1016, 1020, 1022, 1023, 1024, 1025, 1030, 1032, 1033, 1034, 1035, 1036, 1037, 1038, 1040, 1042, 1043, 1045, 1050, 1052, 1053, 1060, 1062, 1070, 1072, 1080, 1082, 1090, 1092, 1093, 1094, 1095, 1096, 1097, 1100, 1102, 1103, 1104, 1105, 1106, 1107, 1108, 1110, 1112, 1113, 1120, 1122, 1123, 1124, 1125, 1126, 1127, 1130, 1132, 1133, 1134, 1136, 1140, 1142, 1143, 1144, 1145, 1147, 1149, 1150, 1152, 1153, 1160, 1162, 1163, 1164, 1165, 1166, 1170, 1172, 1173, 1174, 1180, 1182, 1183, 1184, 1190, 1192, 1193, 1194, 1195, 1196, 1197, 1199, 1200, 1202, 1203, 1204, 1205, 1206, 1210, 1212, 1213, 1214, 1215, 1216, 1217, 1218, 1220, 1222, 1223, 1224, 1225, 1226, 1227, 1228, 1229, 1230, 1232, 1233, 1234, 1235, 1236, 1237, 1238, 1239, 1600, 1810

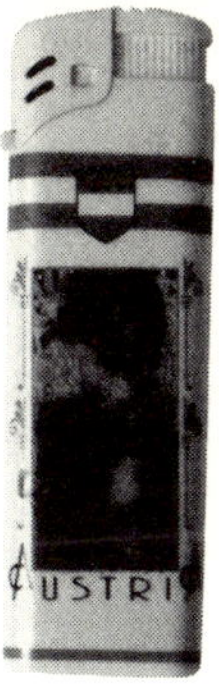

Hinrichtung eines Kandelabers

Da am dreiarmigen Laternenpfahl Am Hof (Ecke Bognergasse) gegenüber dem damaligen Hofkriegsratsgebäude am 6. Oktober 1848 der Leichnam des Kriegsministers Latour aufgeknüpft wurde und dort sieben Stunden lang hängen blieb, wurde der Pfahl anschließend „zum Tode verurteilt“ – wie aus einer handschriftlichen Notiz aus dem Laternenanzünder-Postenbuch der englischen Gasgesellschaft hervorgeht:

Der vor dem Hofkriegsräthlichen Gebäude aufgestellt gewesene Candelaber wurde wegen der am 6. Oktober 1848 am Grafen Baillet de Latour, k. k. Feldzeugmeister und Kriegsminister, verübten schändlichen That am 1. November 1848 vom k. k. Militär vernichtet.

Der am häufigsten gehörte Satz in Wiener Kaffeehäusern

„Kollege kommt gleich.“

Wiener Fußballvereine in der Saison 2005/2006

BUNDESLIGA
Austria Memphis Magna
SK Rapid Wien

ERSTE LIGA
Austria Amateure

REGIONALLIGA OST
FAC
SV Schwechat
Vienna Fernwärme Wien
Wiener Sportclub Wienstrom

WIENER LIGA
FAC–OFR
FavAC Taxi 60160
FC Hellas Kagran
IC Favoriten Moneypoint
ISS Landhaus
KSV Ankerbrot
OMV Stadlau
Ostbahn XI
SC Mannswörth
SK Rapid Amateure
SR Donaufeld
SV Donau
SV Essling
SV Gersthof
SV Wienerberger C&K
ZS Simmering

OBERLIGA A
1980 Wien
ASV 13
Austria XIII Auhofcenter
Austria 11/Rapid Oberlaa
Dinamo Ottakring
Gaswerk
KE Zwitkowits
Liesinger ASK
Red Star/Penzing
Rennweg
SKF Helfort 15
Slovan/HAC May
White Star
Wienerfeld
Wolfersberg
Wr. Viktoria

OBERLIGA B
Columbia
FCB Schwarzer
FS Elektra
Gerasdorf/St.
Hirschstetten
LAC
Langenzersdorf
Mautner
NAC Toplak
Post SV
SEC Brigittenau
Siemens
Süssenbrunn
SVA Wettpunkt
Weidling/KSV

1. KLASSE A
Ajax
Antonshof/Kledering
ESV Südost
FC Wien
Florio
Kicker's/Caktus
MAC
MSV 81
RSC Vienna
Stolzenberger
Triester

Union 12
Union Mauer
WS Ottakring

1. KLASSE B
Donaustadt
Elite
ESV/KSC
Etsan V. Türkgücü
FC B.V.E.
Fenerbahce
Großenzersdorf
Großfeld
Inter 94
Kapellerfeld
RW Wien
Schulbrüder
Suryoyo
Währing/Döbling

2. KLASSE A
1. SC Kalksburg
Atzgersdorf United
BSV 23
FC Mariahilf
FC Pachler
FC Vertigo
Garage Vorgarten
Gradisce
HSV Wien
Janecka Juwelen
Neubau
Ober St. Veit
Rad Friendly Sys.
Yellow Star

2. KLASSE B
ASC Janecka
Canlar
Direktion
Egyptian Kicker's
Galatasaray Wien
Landhaus Kampitsch
Schwemm
Vienna Cetlic's
WBC IX
Wollers
WVB Favoriten
Yu-Joker
ZW Simmering

3. KLASSE A
D&K Team 93
FCN Marswiese
Kollegium Kalksburg
Kundrat 02
Makedonien
Rad Wien
Royal Persia
Sportevents Stefan
Vorwärts 06
Westbahn

3. KLASSE B
FC Halbmond
FC Remax Döbling
FFC 04
KSV Tur Abdin
SC Maccabi Wien
SU Trabzonspor Wien SKV
Vienna Unplugged
Wettcafe Herdem
Young Stars Centimeter

Bomben auf Venedig

Der erste Luftangriff der Geschichte wurde am 22. August 1849 vom österreichischen Heer gegen die belagerte Stadt Venedig durchgeführt.

Ein Oberleutnant namens Uchatius schlug vor, mit Zeitzünder ausgestattete Bomben von heißluftgefüllten Papierballons abwerfen zu lassen.

Einige der 30 Pfund schweren 110 Bomben explodierten zwischen Juni und Juli tatsächlich über Venedig. Militärisch war die Aktion kein Erfolg.

Wiener Euros

Das Design aller Eurobanknoten wurde vom Wiener Grafiker Robert Kalina entworfen.

Von Russen und Fontänen

Der Hochstrahlbrunnen auf dem Schwarzenbergplatz wurde anlässlich der Vollendung der ersten Wiener Hochquellenwasserleitung am 24. Oktober 1873 in Betrieb gesetzt.

1906 wurde der Brunnen zu einem Leuchtbrunnen umgestaltet.

Der Brunnen ist „astronomisch": Am Beckenrand befinden sich 365 kleine Springbrunnen, die Tage des Jahres symbolisierend. Die sechs Springbrunnen zwischen Beckenrand und innerer Insel und diese selbst entsprechen den Wochen- bzw. den Sonntagen. Zwölf hohe Strahlen versinnbildlichen die Monate, 24 niedrige die Stunden des Tages und die 30 Strahlen in der mittleren Insel die Tage des Monats.

Die Mutmaßung manch jüngeren Wieners, der Hochstrahlbrunnen diene dazu, das dahinter liegende „Russendenkmal" zu verdecken, stimmt nicht, denn dieses wurde viel später als Befreiungs- und Gedenkmal für die Opfer der Sowjetarmee im Kampf gegen den Nationalsozialismus und als „erstes Bauwerk der Zweiten Republik" am 19. August 1945 nach nur wenigen Monaten Planungs- und drei Monaten Bauzeit errichtet. Auf einem 20 Meter hohen Sockel steht ein zwölf Meter hoher Soldat, dahinter acht Meter hohe, abgerundete Balustraden mit 26 Säulen.

Einige Wiener Fernsehkommissare

Oberinspektor Marek .... *„Tatort", Fritz Eckhart*
Kommissar Hirth .... *„Tatort", Kurt Jaggberg*
Inspektor Fichtl .... *„Tatort", Michael Janisch*
Inspektor Pfeifer .... *„Tatort", Bruno Dallanksy*
Kriminalhauptkommissar Becker .... *„Tatort", Klaus Wildbolz*
Oberinspektor Paul Kant .... *„Tatort", Wolfgang Hübsch*
Chefinspektor Moritz Eisner .... *„Tatort", Harald Krassnitzer*

Major Adolf Kottan .... *„Kottan ermittelt",*
Peter Vogel/Franz Buchrieser/Lukas Resetarits

Bigi Herzog .... *„Eurocops", Bigi Fischer*

Richard „Richie" Moser .... *„Kommissar Rex", Tobias Moretti*
Alexander Brandtner .... *„Kommissar Rex", Gedeon Burkhard*
Marc Hoffmann .... *„Kommissar Rex", Alexander Pschill*
Niki Herzog .... *„Kommissar Rex", Elke Winkens*

Inspektor Trautmann .... *„Trautmann", Wolfgang Böck*

Oberstleutnant Elisabeth Wiedner .... *„Soko-Wien", Pia Baresch*
Major Christian Hennig .... *„Soko-Wien", Bruno Eyron*

Spitzenmann

Der Wiener Rathausmann auf der Spitze des Rathauses wurde vom Kunstschlosser Alexander Nehr (1855–1928) nach einem Modell von Franz von Gastell (1840–?) und Entwurfzeichnungen von Friedrich Schmidt geschaffen.
Auf dem Rathausplatz befindet sich auf Straßenniveau zwecks Besichtigung eine Kopie in Originalgröße.

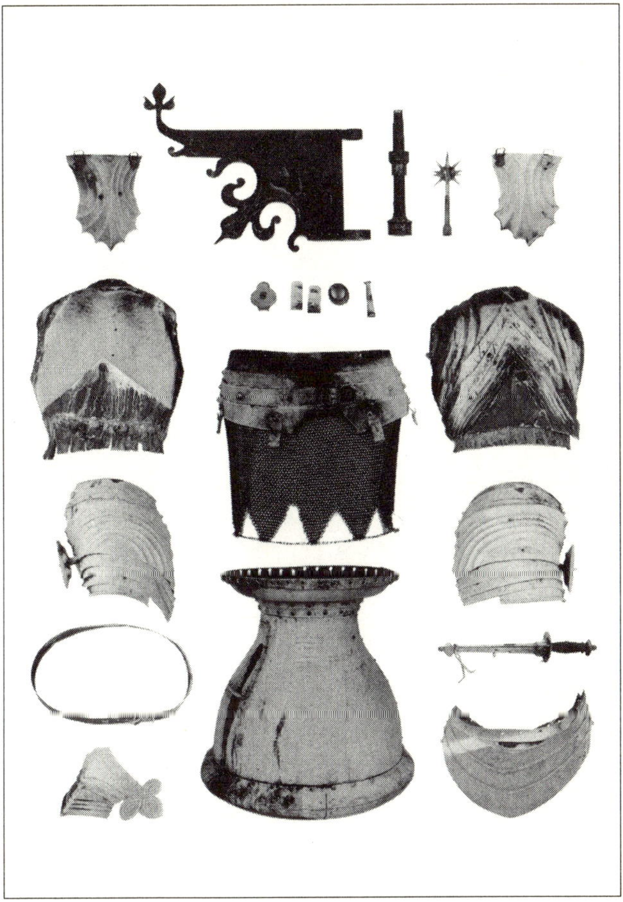

Material:	in Kupfer getrieben (eingeschmolzene russische Kopeken-Münzen), das Innengerüst ist aus Eisen
Höhe:	3,40 m
Höhe mit Standarte:	5,40 m
Aufzug des Rathausmannes auf den Turm:	21. Oktober 1882
Letzte Restaurierung:	1985

Alle 90 Wiener U-Bahn-Stationen

- Aderklaaer Straße *
- Alserstraße
- Alte Donau
- Alterlaa
- Am Schöpfwerk
- Aspernstraße **
- Babenbergerstraße
- Braunschweiggasse
- Burggasse-Stadthalle
- Donauinsel
- Donauspital **
- Donaustadtbrücke **
- Dresdner Straße
- Enkplatz
- Erdberg
- Erlaaerstraße
- Floridsdorf
- Friedensbrücke
- Gasometer
- Großfeldsiedlung *
- Gumpendorferstraße
- Handelskai
- Hardeggasse **
- Heiligenstadt

- Neubaugasse
- Neue Donau
- Niederhofstraße
- Nußdorferstraße
- Ober St. Veit
- Ottakring
- Perfektastraße
- Philadelphiabrücke-Meidling
- Pilgramgasse
- Praterstern(Nord)
- Rathaus
- Rennbahnweg *
- Reumannplatz
- Rochusgasse
- Roßauer Lände
- Schlachthausgasse
- Schönbrunn
- Schottenring
- Schottentor
- Schwedenplatz
- Schweglerstraße
- Seestern **
- Siebenhirten
- Simmering

Herrengasse
Hietzing
Hütteldorf
Hütteldorferstraße
Jägerstraße
Johnstraße
Josefstädter Straße
Kagran
Kagraner Platz *
Kaisermühlen Vienna Int.Centre
Kardinal-Nagl-Platz
Karlsplatz
Kendlerstraße
Keplerplatz
Kettenbrückengasse
Landstraße (Wien Mitte)
Längenfeldgasse
Leopoldau *
Lerchenfelder Straße
Margaretengürtel
Meidling Hauptstraße
Messe **
Michelbeuern/Allgemeines Krankenhaus
Nestroyplatz

Spittelau
Stadion **
Stadlau **
Stadtpark
Stephansplatz
Stubentor
Südtiroler Platz
Taborstraße **
Taubstummengasse
Thaliastraße
Trabrennstraße **
Tscherttegasse
Unter St. Veit
Volkstheater
Vorgartenstraße
WähringerStraße-Volksoper
Westbahnhof
Zieglergasse
Zippererstraße

* U1-Verlängerung
** U2-Verlängerung

Gäste im Öl

Für den jährlich stattfindenden kaiserlichen Hofball wurde in der eigens dafür zur Verfügung stehenden Olio-Küche die gleichnamige „Olio-Suppe“ für rund 2000 Gäste zubereitet.

SIE WURDE GEKOCHT AUS:

10 kg Rindfleisch
10 kg geräuchertes Schweinefleisch
10 kg ungeräuchertes Schweinefleisch
3 kg Ochsenleber
8 kg Hammelfleisch
12 kg Kalbfleisch
16 Kalbsfüße
8 kg Rehfleisch
5 Enten
3 Gänse
5 Wildgänse
10 Tauben
8 Rebhühner

550 Liter Wasser

viel Petersilie
10 Karotten
15 Stangen Lauch
10 Zuckerrüben
10 Sellerieknollen
5 kg Zwiebeln

Dazu:
weißer Pfeffer
Ingwer
Muskatnuss
Muskatblüte
Gewürznelken

Am Ende wurde die Suppe mit in Zucker glacierten Kastanien serviert.

Die Olio-Küche war eine der zwölf Hofküchen mit Fachabteilungen für Wild, Saucen, Pasteten, Rindfleischsuppen und Bäckerei sowie mit der k.k. Hofzuckerbäckerei.
Der Name stammt übrigens nicht von dem italienischem Wort für Öl, sondern vom spanischen „Ollapotrida“-Eintopf.
Außerdem erhielt jeder Gast unbesehen seines Standes ein viertel Kilo der begehrten Hofzuckerln.

Copa Cagrana eisgekühlt

1874 wurde das erste Gasthaus am linken Donauufer neben der neuen Reichsstraße von seinem Besitzer – nach der Rückkehr der Forscher und Entdecker des Franz-Josephs-Landes, Julius R. v. Payer und Karl Weyprecht, von ihrer Nordpolexpedition – nach Österreichs einziger Kolonie in „Franz-Josephs-Land“ umbenannt. Bald wurde die ganze Gegend so genannt, auch weil mehrere weitere Gasthäuser ebenfalls entsprechende Namen wie „Zum Nordlicht“ oder „Zum Nordpol“ erhielten.

Strassentafeln, bunt

1770 wurden die Wiener Häuser erstmals nummeriert. Es wurden so genannte Conscriptionsnummern vergeben. Nach der Eingemeindung der Vorstädte 1850 wurde 1862 eine gassenweise Nummerierung der Häuser eingeführt. Außerdem wurden Vorschriften für Straßentafeln erlassen, bei welchen Längs- (auch Radial-) und Quergassen unterschieden wurden.

RADIALGASSEN führen (gedanklich vom Zentrum Stephansplatz) stadtauswärts und erhielten rechteckige Straßentafeln.

QUERGASSEN (gedanklich konzentrisch zur Ringstraße) erhielten ovale Straßenschilder.

Die Straßen des ersten Bezirks wurden ausschließlich mit rechteckigen, rot umrandeten Tafeln gekennzeichnet.

Auch die anderen Bezirke erhielten eine eigene Umrandungsfarbe:

1. Bezirk .... *rot*
2. Bezirk .... *violett*
3. Bezirk .... *grün*
4. Bezirk .... *rosa*
5. Bezirk .... *schwarz*
6. Bezirk .... *gelb*
7. Bezirk .... *blau*
8. Bezirk .... *grau*
9. Bezirk .... *braun*

Die 1890/92 eingemeindeten Vororte (Bezirke 10 bis 19) bekamen ebenfalls rote Umrandungen. Ab 1920 erhielten allen Bezirke eine rote Umrandung. Plätze wurden in roter Fraktur-Schrift, Straßen und Gassen in schwarzer Fraktur-Schrift gekennzeichnet.
Schon 1923 wurden die lateinischen Buchstaben eingeführt. Die Schilder wurden blau emailliert und mit weißer Schrift versehen.

Noch bis 1944 wurden die Straßenschilder der Querstraßen vom 2. bis 21. Bezirk an den Ecken abgerundet. Erst seit 1944 sind alle Straßenschilder einheitlich rechteckig gehalten.
Allerdings werden seit etwa den 80er-Jahren – vor allem in Altstadtensembles – immer wieder Imitationen der alten Straßenschilder (in der Regelung von 1862) angebracht.

Wiener Mode um 1400

DAS PFAYD (Hemd)
- Prustpfayd
- Echselpfayd (Hemd mit Ärmeln)
- Seidlpfayd (Hemd ohne Ärmel)
- Überstoßpfayd
- Nyderpfayd
- wellische Pfayd
- Padpfayd (Badehemd)

DIE JOPPE (Weste mit langen Ärmeln und langen Teilen)
- Jöpplein
- Wambeis (Wams)
- dicke Joppe
- Under Joppe
- Schiessjoppe (für die Schießstatt)

DER ROCK (Leibrock)
- Bei Männern bis an die Waden, bei Weibern bis zur Erde
- Waffenrock des Herolds
- Summer'scher Rock (Sommerrock)
- Reytrockgh (Reitrock)
- langer Rock (Schlepprock)

DAS SUCKL (Kleiderüberwurf für ärmere Weiber)

DER SEIDL (kurzer Überrock ohne Ärmel,
nur offene „Flügen" – aufgeschnittene Ärmelanfänge)

DIE SCHAUBE (langer Überrock, bis ans Knie reichend)

DER MANTEL (tägliches Kleidungsstück für beide Geschlechter)
- Seydlmantel (ohne Ärmel)
- Ratsmantel
- Radmantel

Glockenmantel
Zwifacher Mantel
Rays Mantel (Reisemantel)

DER CHURSEN (Pelzmantel) aus
Herwelein (Hermelin)
Medrein (Marder)
Kuniglein (Kaninchen)
Eltesein (Iltis)
Lucksein (Luchs)
Fuchsein
Wülflein
Aichhornein
Pilichwemlein (Pilmaus-Bauchfell)
Maschanein (russisches Lammfell)
Hesein (Hasenfell)
Kelbrein (Kalbfell)
Vechein (Vech)
Wildkeczein (Wildkatze)

Einige gebräuchliche Stoffe und ihre Namen:

WOLLSTOFFE
Schmaerdin
Wakasin
Czendalin
Synabassen
Doppelharrass
Harrass
Reithum
Rifen
Griwgelz

SEIDE
Zigadoni
Recunadi
Trisadi
Putradi
Kamat
Damaschk
doppel Atlas
Zendal
gemain Taffadt
Schamlot (Halbseide)

Radwege

Das einst recht beachtliche Radwegnetz in Wien wurde in den 60er- und 70er-Jahren immer weiter reduziert. Den absoluten Tiefststand von 11 km (und die in eher abgelegenen Gebieten) erreichte es 1977. Erst in der 80er-Jahren wurde mit der Neuplanung und Neuerrichtung begonnen. Heute umfasst das Netz etwa 900 km.

First Lady Südkoreas

1934 heiratete der Exil-Präsident Koreas, Syngman Rhee, in zweiter Ehe in New York die aus Wien stammende Franziska Donner. Am 3. März 1948 wurde Rhee zum ersten Präsidenten der Republik Korea (Südkorea) gewählt. Er starb 1965 90-jährig in Honolulu an einem Herzanfall. Während seiner ganzen Amts- und verbliebenen Lebenszeit blieb Franziska Donner als erste First Lady Südkoreas an seiner Seite. Sie schrieb auch ein Buch über ihn: „Die Gesundheit des Präsidenten". Heute ist ihr in ihrer Wahlheimat ein kleines Museum gewidmet.

Wiener Lieblingsvornamen

Mädchen		*Knaben*
	2000	
1. Julia		1. Florian
2. Katharina		2. Lukas
3. Sarah		3. Alexander
	2001	
1. Anna		1. Alexander
2. Julia		2. Florian
3. Katharina		3. Daniel
	2002	
1. Julia		1. David
2. Anna		2. Alexander
2. Sarah		3. Lukas
	2003	
1. Anna		1. Lukas
2. Sarah		2. David
3. Julia		3. Florian
	2004	
1. Sarah		1. David
2. Julia		2. Lukas
3. Anna		3. Alexander

Einige wienerische Ausdrücke mit italienischer Wurzel

Bamperletsch
Kleinkind . . . . *bamboleggiare = sich kindisch benehmen*

büsln
schlafen . . . . *pisolare = ein Nickerchen machen*

Falott
Gauner . . . . *fa lotto = er macht seinen Teil, Anteil*
od. fallare, fallato = irren, geirrt

Frittaten
Suppeneinlage . . . . *frittata = Eierkuchen, Omelett*

Gatsch
Schlamm, Matsch . . . . *ev. von cacio = Käse*

Gspusi
Affäre . . . . *sposa = Verlobte*

Gstanzl
Lied . . . . *stanza = Strophe*

gustieren
kosten, sich umsehen . . . . *gustare = schmecken, auskosten*

Gusto
Lust . . . . *gusto = Geschmack*

Kredenz
Anrichte . . . . *credenza = Anrichte*

matsch sein
müde, fertig sein . . . . *marcio = faul, morsch*

Mezzanin
Zwischenstock . . . . *mezzanino = Zwischenstock*

Pipn
Mund . . . . *pipa = Pfeife, Öffnung*

Pratzn
große Hände . . . . *braccio = Arm*

Remasuri
Durcheinander . . . . *(r)ammassare = anhäufen, sammeln*

Risipisi
Erbsenreis . . . . *riso con piselli = Reis mit Erbsen*

Sackl
vornehme Kleidung . . . . *sacco = Sack od. giacca = Sakko*

Salettl
Gartenpavillion . . . . *saletto = Kleiner Saal*

Sperenzeln
Ausflüchte . . . . *speranza = Hoffnung*

(weg)stampern
vertreiben . . . . *stampare = (weg)drücken*

strapaziös
anstrengend .... *französierende Fortbildung von it.-stämmig Strapaz*

strawanzen
schlendern, wandern .... *stravagare = schlendern, spazieren*

tentieren
versuchen, probieren .... *tentare = versuchen*

Trafik
Trafik .... *traffico = Verkehr, Handel*

Tschik
Kippe .... *cicca = Zigarettenstummel, Kippe*

Wiener Krankheit

Vor allem durch das Wohnungselend im 19. Jahrhundert – manchmal mussten sich 40–60 Personen eine Toilette teilen, durch die „Lichthöfe“ blieben untere Wohnungen immer im Halbdunkel, ca. 280.000 Menschen lebten als Untermieter oder Bettgeher – kam es zu mangelhafter Hygiene, Krankheiten und einer erhöhten Sterberate.
Kein Wunder, dass die Tuberkulose damals in Europa als die „Wiener Krankheit“ bekannt war.

Büroklammern

1965 untersuchten Fachleute den Verbleib von 100.000 Büroklammern in Wiener Amtsstuben: Nur 20.000 wurden zweckentsprechend verwendet, 19.413 dienten als Spielmarkenersatz bei Kartenspielen, 15.842 als Schreibmaschinentypenreiniger, 14.163 wurden beim Telefonieren verbogen, 13.000 von Kindern verschluckt oder von Putzfrauen „bereinigt“, 5434 dienten als Zahnstocher, 5309 als Pfeifenreiniger, 3196 als Nagelreiniger, 2431 als Schraubenzieher und 1112 als Sicherheitsnadeln an Damenstrümpfen.
Vermutlich ist diese Geschichte eine urbane Legende, aber wahr könnt’ sie trotzdem sein.

Alle Wiener Strassennamen mit Q

Quadenstraße	Quellenplatz	Quergasse
Quaringasse	Quellenstraße	Querweg
Quarzweg	Quellenweg	Quittenweg

Das Ende der Welt

Wien, 28. Juli 1914:
„Da die königl. serbische Regierung die Note, welche ihr vom österreichisch-ungarischen Gesandten in Belgrad am 23. Juli 1914 übergeben worden war, nicht in befriedigender Weise beantwortet hat, so sieht sich die k.u.k. Regierung in die Notwendigkeit versetzt, selbst für die Wahrung ihrer Rechte und Interessen Sorge zu tragen und zu diesem Ende an die Gewalt der Waffen zu appellieren. Oesterreich-Ungarn betrachtet sich daher von diesem Augenblicke an als im Kriegszustande mit Serbien befindlich.
Der österreichisch-ungarische Minister des Äußeren Graf Berchtold."

Knapp gescheitert

Der Donau-Oder-Kanal ist ein bereits aus dem 14. Jahrhundert stammendes Projekt, die Donau mittels einer künstlichen Wasserstraße mit der Oder zu verbinden. Die geplante Strecke hätte etwa 3000 km betragen, der österreichische Teil ca. 40 km. Die Idee wurde von den Nazis aufgegriffen und der Kanal zwischen 1939 und 1943 beim heutigen Ölhafen begonnen (DOK I-IV). Allerdings reicht er bis heute nur wenige Kilometer weit bis nach Groß-Enzersdorf – knapp nach der Stadtgrenze von Wien.

Big Apple

Wien wurde von den heranstürmenden Türken auch als „Goldener Apfel" bezeichnet.
Das weist entweder auf eine allgemeine osmanische Bezeichnung für ein im militärischen Sinne erstrebenswertes Ziel, eine zu erobernde Stadt hin oder aber es bezieht sich auf den goldenen Apfel auf der Spitze des Stephansdomes.

Die Wiener Bezirke, historisch

Bezirk:	*In den heutigen Grenzen seit:*
1 Innere Stadt	1850 (als Bezirk)
2 Leopoldstadt	1862
3 Landstraße	1850
4 Wieden	1850
5 Margareten	1861
6 Mariahilf	1862
7 Neubau	1850
8 Josefstadt	1850
9 Alsergrund	1862
10 Favoriten	1874
11 Simmering	1890/92
12 Meidling	1890/92
13 Hietzing	1892
14 Penzing	1890/92
15 Rudolfsheim-Fünfhaus	1938
16 Ottakring	1890/92
17 Hernals	1892
18 Währing	1890/92
19 Döbling	1892
20 Brigittenau	1900
21 Floridsdorf	1904
22 Donaustadt	1954
23 Liesing	1954

Rettungswecker für Scheintote

Im Jahre 1828 konstruierte der „k.k. N.O. Provinzial Strafhaus-Verwalter“ Johann Nepomuk Peter einen „Rettungswecker für Scheintote“ und stiftete diesen dem Währinger Friedhof. Nicht überliefert ist, ob dieser Rettungswecker seine Nützlichkeit tatsächlich unter Beweis stellen konnte. Eine Replik des Originals, das sich einst im Totengräberhaus am Währinger Friedhof befand, ist heute im Wiener Bestattungsmuseum zu besichtigen.

TECHNISCHE DATEN:	29 x 19 x 13 cm, Holzgehäuse mit Läutwerk aus Metall, originalgetreu nachgebaut von der Fa. Schmollgruber, Wien 7, 1976.

Rexe

Hunde, die Kommissar Rex gespielt haben:

- SANTO vom Haus Zieglmayer
  alias „Reginald von Ravenhorst“, genannt „Beejay“
- SOKO vom Haus Zieglmayer
  (Bruder und Stunt-Hund)
- RHETT BUTLER (offizieller Nachfolger)
- eine Reihe weiterer Stunthunde

Stammbaum von Santo und Soko vom Haus Zieglmayer:

<table>
<tr><td rowspan="8">Yago vom Wildsteiger Land</td><td rowspan="4">Eiko vom Kirschental</td><td rowspan="2">Uran vom Wildsteiger Land</td><td>Irk von Arminius</td></tr>
<tr><td>Palme vom Wildsteiger Land</td></tr>
<tr><td rowspan="2">Xitta vom Kirschental</td><td>Lasso di Val Sole</td></tr>
<tr><td>Nimi vom Kirschental</td></tr>
<tr><td rowspan="4">Quina von Arminius</td><td rowspan="2">Xaver von Arminius</td><td>Lasso di Val Sole</td></tr>
<tr><td>Wilma von der Kisselschlucht</td></tr>
<tr><td rowspan="2">Palme vom Wildsteiger Land</td><td>Nick von der Wienerau</td></tr>
<tr><td>Fina vom Badsee</td></tr>
<tr><td rowspan="8">Otti vom Haus Zieglmayer</td><td rowspan="4">Enzo von der Burg Aliso</td><td rowspan="2">Quando von Arminius</td><td>Xaver von Arminius</td></tr>
<tr><td>Palme vom Wildsteiger Land</td></tr>
<tr><td rowspan="2">Christin von der Burg Aliso</td><td>Jan von der Paderquellen</td></tr>
<tr><td>Zara vom Liborius Brunnen</td></tr>
<tr><td rowspan="4">Heddy vom Loher-Stein</td><td rowspan="2">Elck vom Trienzbachtal</td><td>Grando vom Patersweg</td></tr>
<tr><td>Ute vom Trienzbachtal</td></tr>
<tr><td rowspan="2">Xanta vom Loher-Stein</td><td>Canto von Arminius</td></tr>
<tr><td>Jana vom Loher-Stein</td></tr>
</table>

Aliens in Wien

Dem steirischen Kabarettisten und Romanautor Leo Lukas ist es zu verdanken, dass Wien auch zum Handlungsort mehrerer Science-Fiction-Romane wurde.

So siedelte er die Handlung der von ihm verfassten PERRY RHODAN-Romane „Die Fliegenden Rochettes“ (Band 2284; Erscheinungsdatum: 27. Mai 2005) und „Tag der Verkündung“ (Band 2285; Erscheinungsdatum: 3. Juni 2005) teilweise in Wien an.

Der Doppelband ist auch eine Hommage an Kabarett-Kollegen von Lukas – abseits der Superstars Hader, Dorfer oder Düringer. Größere und kleinere Rollen in der Handlung übernehmen die Kabarettisten O. Lendl, Severin Goebner, Mike Supancic, Ludwig Müller, Werner Brix, Valerie Bolzano, Günter „Gunkl“ Paal, Pepi Hopf und Andreas Fuderer (Niedermair).

Bereits 1998 verwendete Lukas Wien als Handlungsort für einen Band der düsteren SF-Saga „Shadowrun“. Titel: „Wiener Blei“.

Hoch und Tief

Die Wiener Weltausstellung eröffnete am 1. Mai 1873 und wurde in der Zeit vom l. Mai bis 2. November 1873 von 7.225.000 Menschen besucht.

Nur wenige Tage nach der Eröffnung, am 9. Mai 1873, kam es zu dem als „Schwarzer Freitag“ bekannten Börsenkrach, der vielen Wienern die Feierstimmung recht plötzlich austrieb.

Einige Immobilien-Preise

KÄRNTNER STRASSE:

Miete:	50,–
Miete mit 1 Haus	200,–
Miete mit 2 Häusern	600,–
Miete mit 3 Häusern	1300,–
Miete mit 2 Häusern	1600,–
Miete mit 1 Hotel	1950,–
Preis des Grundstückes	380,–
Preis des Hauses	220,–
Preis des Hotels	220,– und Rückgabe von 4 Häusern

MARIAHILFER STRASSE:

Miete:	40,–
Miete mit 1 Haus	170,–
Miete mit 2 Häusern	500,–
Miete mit 3 Häusern	1000,–
Miete mit 2 Häusern	1300,–
Miete mit 1 Hotel	1600,–
Preis des Grundstückes	350,–
Preis des Hauses	220,–
Preis des Hotels	220,– und Rückgabe von 4 Häusern

COBENZLGASSE:

Miete:	24,–
Miete mit 1 Haus	110,–
Miete mit 2 Häusern	330,–
Miete mit 3 Häusern	700,–
Miete mit 2 Häusern	900,–
Miete mit 1 Hotel	1030,–
Preis des Grundstückes	250,–
Preis des Hauses	150,–
Preis des Hotels	150,– und Rückgabe von 4 Häusern

Bergeroberer

Das international bestaunte Wunderbauwerk der Großglockner Hochalpenstraße wurde gegen zahlreiche Widerstände erfunden, geplant und gebaut vom am 24. August 1887 in Wien geborenen Franz Wallack. Sie ist auch heute, 70 Jahre nach ihrer Eröffnung, eines der bedeutendsten touristischen Ziele Österreichs und wurde von rund 55 Millionen Menschen besucht.

Franz Ferdinands Grab

Erzherzog Franz Ferdinand und seine Frau, die geborene Gräfin Chotek, wurden, nachdem sie am 28. Juni 1914 in Sarajevo ermordet worden waren, nach der testamentarischen Verfügung von Franz Ferdinand in Schloß Artstetten beigesetzt – weil die Gräfin – als nicht ebenbürtig – nicht in der Kapuzinergruft hätte bestattet werden können.

Die Konkurrenten der Burenwurst

McDonald's	47	*Trześniewski*	7
Schnitzelhaus	29	*Akakiko*	6
Schnitzlplatz'l	18	*Subway*	5
Nordsee	17	*Tokyo Running Sushi*	5
Pizza Mann	12	*KFC*	3
Wienerwald	11	*Bagel Station*	2
Burger King	7	*Quick Sandwiches*	2

Duliöh

Die genuine Wiener Form des alpinen Jodelns ist das so genannte „Dudeln", vorwiegend von Frauen praktiziert und heute so gut wie ausgestorben.

Sagen aus Wien

Orte und Plätze

Der Stock im Eisen
Das Basiliskenhaus
Die Spinnerin am Kreuz
Der herzlose Pförtner
Der Engelbrunnen auf der Wieden
Wo die Jungfrau zum Fenster hinausschaut
Die Bärenmühle
Küß den Pfennig!
Schab den Rüssel!
Das Haus, da die Khue am preth spielt
Das fliegende Haus
Der schmeckende Wurm
Die Schustermichelglocke
Der Mirakelkeller
Das Gasthaus „Zum nassen Hadern"

Rund um den Stephansturm

Der himmlische Baumeister
Das Lindenwunder bei St. Stephan
Wind und Regen auf dem Stephansplatz
Die Himmelspförtnerin
Die Dienstbotenmuttergottes
Die Mette der Toten
Hans Puchsbaum und der Nordturm von St. Stephan
Der Mesner von St. Stephan im nächtlichen Karner
Die heilige Corona mit dem unversiegbaren Schatzkästlein
Der dreizehnte Glockenschlag
Der Kegler im Turm zu St. Stephan
Das Tränenfest zu Pötsch
Der Zahnwehherrgott

Menschen und Gestalten

Die Heuschreckenplage im Jahr 1195
Wie König Richard Löwenherz gefangen wurde
Das Veilchenfest
Der Schmiedemeister Martin Eisenarm
Der lustige Student Weigand
Der Bärenhäuter
Die Löwenbraut
Das Kruzifix des Kaisers Ferdinand II.
Augustin
Der Rattenfänger vom Magdalenengrund
Ein Hirsch entkommt der Hetzjagd

Manch Wunderbares

Die Gnade Gottes auf dem Kahlenberg
Der See unter der Heiligenstädter Pfarrkirche
Der Hungerbrunnen
Vom Sieveringer Agnesbrünnl
Der Schimmelreiter im Wienerwald
Das Kreuzeswunder auf der Donau
„Zum goldenen Brunnen“
Der Schuß nach dem Lichtlein beim Cholerakreuz

Aus der Zeit der Türkenkriege

Der Heidenschuß
Vom Gnadenbild in der Pfarrkirche zu Hietzing
Die Speckseite beim Rotenturmtor
Das Haus „Zur güldenen Schlange“
Die Penzinger Lichtsäule
Das Glockenläuten in der Karfreitagsnacht
Der Eselsritt zu Hernals

Teufelssagen

Die Teufelsmühle am Wiener Berg
Der Wandel des Bruders Benediktus
Der Teufel und die Eiche
Der goldene Kegelbecher

Wo der Teufel mit der Bognerin rauft
Stoß im Himmel
Der Handwerksbursch und der Teufel im Krapfenwaldl
Die Kellerschenke „Zum roten Mandl“

Geister und Drachen

Das Wassermännlein
Der Lindwurm auf dem Kahlenberg
Der Stock im Weg
Der Denkstein in Döbling
Das Hausgespenst in der Rotenturmstraße
Das Totendoktorhaus in der Schönlaterngasse
Das Donauweiblein
Der Klagbaum

(nach „Sagen aus Wien“, Hrsg. Emil Nack, 1973 Carl Ueberreuter Verlag)

Einige wienerische Ausdrücke mit ungarischer Wurzel

Batschi
Onkel . . . . *bácsi = Onkel*
Busserl
Küsschen . . . . *puszi (v. türkisch bussä)*
Maschekseitn
die andere Seite . . . . *(a) másik = (der) andere*
Netsch
Kleingeld . . . . *négy = vier (vom ungar. Vierkreuzerstück)*
Pogatscherln
Pogatscherln . . . . *pogácsa = runder Kuchen*
potsch(ert)
unbeholfen . . . . *bocs = Bärenjunges oder*
bocsánat = Entschuldigung bitte
Schinakl
kleines Boot . . . . *csónak = Kahn*
Teschek, der
ausgenützter Mensch . . . . *tessék = bitte*
Tschako
Hut, Kappe . . . . *csáko = Kappe*
Untergattn
Unterhose . . . . *gatya = Unterhose*

Schönbergs Tod

Der Komponist Arnold Schönberg wurde am 13. September 1874 in Wien geboren. Angeblich war er überzeugt davon, dass er an einem 13. sterben werde. Und weil 7 und 6 zusammen 13 ergeben, war er sicher, dass er 76 Jahre alt werden würde.

Er starb in Los Angeles am 13. Juli 1951 – 13 Minuten vor Mitternacht – im Alter von 76 Jahren.

3 Bahnen

Am 7. März 1874 wurde die *Kahlenbergbahn*, die erste Zahnradbahn Österreichs, eröffnet. Sie führte von Nußdorf über Grinzing und Krapfenwaldl zum Hotel auf dem Kahlenberg. Bei einer Streckenlänge von 5,5 km überwand die Bahn einen Höhenunterschied von 316 m, die Höchstgeschwindigkeit betrug 12 km/h. Am 21. September 1920 wurde die Bahn eingestellt, nachdem man zuvor noch die Eingliederung in das städtische Straßenbahnnetz erwogen hatte.

Am 27. Juli 1873 wurde die *Drahtseilbahn auf den Leopoldsberg* eröffnet. Sie führte von der Donauwarte (Kuchelau) zur Elisabethwiese auf dem Leopoldsberg, hatte eine Streckenlänge von 725 m und überwand bei einer mittleren Steigung von 34 Prozent eine Höhe von 343 m, in einer Fahrzeit von fünf Minuten, bei einer Geschwindigkeit von 8,7 km/h. Mit der Eröffnung der Zahnradbahn auf den Kahlenberg ging die Frequenz stark zurück, die Kahlenberggesellschaft kaufte die Seilbahn 1875 auf, legte sie still und trug sie ab.

1872 wurde die *Drahtseilbahn auf die Sophienalpe* errichtet. Man nannte sie nach einer roten Eisenkugel am Zugseil auch „Knöpferlbahn". Sie führte von der Rieglerhütte zur Sophienalpe. Die Bahn war zweigleisig, in kutschenähnlichen, offenen Wagen überwand man bei einer Streckenlänge von 600 m einen Höhenunterschied von 108 m.
Die Seilbahn wurde 1881 stillgelegt und die Schienen abgetragen. Die Trasse blieb erhalten und dient noch heute als Fußweg.

(tw. zitiert nach „Wien auf alten Photographien", Günter Düriegel)

Gral und Einhorn

In der Wiener Schatzkammer befinden sich zwei Stücke aus dem Besitz Kaiser Ferdinands I., die dessen Söhnen so überaus wertvoll erschienen, dass sie 1564 eine Vereinbarung trafen, „das solche baide ansehnliche treffenliche clainod von yetzt an zu allen und ewigen zeiten bey unserm löblichen Hauß Österreich sollen bleiben und darvon mit nichten weder durch verckhauffung, schanckhung, versatzng oder ainichen andern weeg, wie der namen haben mochte, alieniert oder verendert, sonder allwegen zu allen zeiten bei des eltern fürsten zu Österreich verwarung bleiben sollen".

Und so geschah es auch. Bei den beiden ansehnlichen Kleinoden handelt es sich um die „Achatschale" und das „Ainkhürn".

Zweiteres wurde für das Horn eines Einhorns gehalten – ist aber der Stoßzahn eines Narwals. Erstere sogar – aufgrund einer Fehlinterpretation der Inschrift – für den Heiligen Gral; tatsächlich dürfte die Schale im 4. Jahrhundert in Trier gefertigt worden sein.

Chronologische Liste der Wiener Bürgermeister

1282	Konrad Poll	1340–43	Konrad Wiltwerker
1285	Heinrich Hansgraf	1343–44	Hagen v. Spielberg
1287	Konrad v. Eslarn	1345–47	Reinprecht Zaunrüd
1288–		1348–49	Friedrich v. Tierna
1305	Konrad Poll	1350–51	Dietrich Flusthart
1305–07	Heinrich Chrannest	1352	Friedrich v. Tierna
1307	Dietrich v. Kahlenberg	1353	Heinrich Würfel
1308	Heinrich v. d. Neisse	1354	Dietrich Flusthart
1309	Niklas v. Eslarn	1354	Haunold Schuchler d. Ä.
1310	Heinrich v. d. Neisse		
1309–13	Niklas v. Eslarn	1355	Leopold Polz
1313–15	Niklas Poll	1356–57	Heinrich Straicher
1316	Hermann v. St. Pölten	1357–58	Haunold Schuchler d. Ä.
1316–17	Niklas v. Eslarn		
1318	Hermann v. St. Pölten	1358–60	Leopold Polz
1319–23	Otto Wülfleinstorfer	1359–60	Heinrich Straicher
1323	Stephan Chriegler	1360–61	Haunold Schuchler d. Ä.
1324–27	Niklas Poll		
1327–28	Stephan Chriegler	1362–64	Hans v. Tierna
1329–30	Heinrich Lang	1364	Friedrich Rüschl
1332–33	Dietrich Urbetsch	1365–66	Lukas Popfinger
1333–34	Hermann Snaezl	1366–67	Thomas Swaeml
1335–37	Dietrich Urbetsch	1368–70	Niklas Würfel
1337–38	Konrad v. Eslarn	1370–71	Thomas Swaeml
1338–39	Berthold Poll	1372–74	Ulrich Rößl

1374–76	Jans am Kienmarkt
1376–79	Paul Holzkäufl
1379–81	Jans am Kienmarkt
1381–86	Paul Holzkäufl
1386–95	Michael Geukramer
1396	Paul Holzkäufl
1396–97	Paul Würfel
1398	Jakob Dorn
1398–99	Hans Rockh
1399–1400	Paul Holzkäufl
1401	Berthold Lang
1401–03	Paul Würfel
1402–03	Haunold Schuchler d. J.
1403–04	Konrad Vorlauf
1404–05	Paul Würfel
1405–06	Rudolf Angerfelder
1406–08	Konrad Vorlauf
1408	Konrad Rampersdorffer
1408–09	Hans Feldsberger
1410	Paul Geyr
1410–11	Albrecht Zetter
1411–19	Rudolf Angerfelder
1420–21	Hans Musterer
1422	Ulrich Gundloch
1423–25	Konrad Holzler d. Ä.
1425–26	Hans Scharffenberger
1427	Paul Würfel d. J.
1428–29	Niklas Undermhimmel
1430–33	Konrad Holzler d. Ä.
1434–39	Hans Steger
1438	Niklas Undermhimmel
1440–41	Konrad Holzler d. Ä.
1442	Andre Hiltprant
1443	Hans Steger
1444–46	Hans Haringseer
1447–49	Hans Steger
1450–51	Konrad Holzler d. J.
1452	Oswald Reicholf
1453	Niklas Teschler
1454	Oswald Reicholf
1455	Konrad Holzler d. J.
1456–57	Niklas Teschler
1457	Thomas Schwarz
1457–60	Jakob Starch
1461–62	Christian Prenner
1462	Sebastian Ziegelhauser
1462–63	Wolfgang Holzer
1463	Friedrich Ebmer
1464–66	Ulrich Metzleinstorffer
1467	Martin Enthaimer
1467–73	Andreas Schönbrucker
1473–79	Hans Heml
1479–84	Laurenz Haiden
1485–86	Stephan Een
1487–89	Leonhard Radauner
1489–90	Laurenz Taschendorfer
1490	Stephan Een
1490–93	Paul Keck
1494–96	Friedrich Geldreich
1497–99	Paul Keck
1500–01	Wolfgang Rieder
1502	Leonhard Lackner
1503	Wolfgang Zauner
1504–07	Paul Keck
1507	Sigmund Pernfuß
1508	Paul Keck
1509–10	Wolfgang Rieder
1511–12	Hans Süß
1512	Leonhard Pudmannsdorfer
1513	Hans Kuchler
1514	Friedrich Piesch
1515	Dr. Johann Kaufmann
1516	Hans Süß
1516–17	Hans Rinner
1518	Leonhard Pudmannsdorfer
1519–20	Wolfgang Kirchhofer
1520	Hans Süß
1520–21	Dr. Martin Siebenbürger
1522–24	Gabriel Guetrater
1524–26	Hans Süß

1526	Roman Staudinger
1527	Sebastian Sulzbeck
1528–30	Wolfgang Treu
1531	Sebastian Eysler
1532–33	Wolfgang Treu
1534–35	Dr. Johann Pilhamer
1536–37	Wolfgang Treu
1538–39	Hermes Schallautzer
1540–41	Paul Pernfuß
1542–46	Stephan Tenck
1547–48	Sebastian Schrantz
1549–50	Sebastian Hutstocker
1551–52	Christoph Hayden
1553–55	Sebastian Hutstocker
1556–57	Hans Übermann
1558–59	Georg Prantstetter
1560–61	Thomas Siebenbürger
1562–63	Hermann Bayr
1564–65	Matthias Brunnhofer
1566–67	Hans Übermann
1568–69	Georg Prantstetter
1570–71	Hanns v. Thau
1572–73	Georg Prantstetter
1574–75	Hanns v. Thau
1576–77	Christoph Hutstocker
1578–79	Hanns v. Thau
1580–81	Bartholomäus Prantner
1582–83	Hanns v. Thau
1584–85	Bartholomäus Prantner
1586–87	Oswald Hüttendorfer
1588–89	Hanns v. Thau
1590–91	Georg Fürst
1592–95	Bartholomäus Prantner
1596–97	Paul Steyrer
1598–99	Oswald Hüttendorfer
1600–01	Andreas Rieder
1602–03	Georg Fürst
1604–07	Augustin Haffner
1608–09	Lukas Lausser
1610–13	Daniel Moser
1614–15	Veit Resch
1616–22	Daniel Moser
1623–25	Paul Wiedemann
1626–37	Daniel Moser
1638–39	Christoph Faßoldt
1640–45	Konrad Bramber
1646–48	Caspar Bernhardt
1648–53	Johann Georg Dietmayr
1654–55	Dr. Thomas Wolfgang Puechenegger
1656–59	Johann Georg Dietmayr v. Dietmannsdorf
1660–63	Johann Christoph Holzner
1664–67	Johann Georg Dietmayr v. Dietmannsdorf
1667–69	Johann Christoph Holzner
1670–73	Daniel Lazarus Springer
1674–77	Dr. Peter Sebastian Fügenschuh
1678–79	Daniel Lazarus Springer
1680–83	Johann Andreas v. Liebenberg
1684–87	Simon Stephan Schuster
1688–91	Daniel Fockhy
1692–95	Johann Franz Peickhardt
1696–99	Jakob Daniel Tepser
1700–03	Johann Franz Peickhardt
1704–07	Jakob Daniel Tepser
1708–12	Johann Franz Wenighoffer
1713–16	Johann Lorenz Trunck v. Guttenberg
1717–20	Dr. Josef Hartmann
1721–24	Franz Josef Hauer
1725–26	Dr. Josef Hartmann

1727–28	Franz Josef Hauer
1729–30	Johann Franz Purck
1731–32	Dr. Franz Daniel Edler v. Bartuska
1733–36	Andreas Ludwig Leitgeb
1737–40	Johann Adam v. Zahlheim
1741–44	Dr. Peter Joseph Kofler
1745–51	Andreas Ludwig Leitgeb
1751–64	Dr. Peter Joseph Edler v. Kofler
1764	Leopold Franz Gruber
1764–67	Dr. Josef Anton Bellesini
1767–73	Leopold Franz Gruber
1773–1804	Josef Georg Hörl
1804–23	Stephan Edler v. Wohlleben
1823–34	Anton Lumpert
1835–37	Anton Joseph Edler v. Leeb
1838–48	Ignaz Czapka
1851–61	Dr. Johann Kaspar Frh. v. Seiller
1861–68	Dr. Andreas Zelinka
1868–78	Dr. Cajetan (Frh. v.) Felder
1878–82	Dr. Julius v. Newald
1882–89	Eduard Uhl
1889–94	Dr. Johann Prix
1894–95	Dr. Raimund Grübl
1895–96	Dr. Hans v. Friebeis (Regierungskommissär)
1896–97	Josef Strobach
1897–1910	Dr. Karl Lueger
1910–12	Dr. Josef Neumayer
1912–19	Dr. Richard Weiskirchner
1919–23	Jakob Reumann
1923–34	Karl Seitz
1934–38	Richard Schmitz
1938–40	Dr. Ing. Hermann Neubacher
1940–43	Philipp Wilhelm Jung
1943–45	Hanns Blaschke
1945–51	Dr. h. c. Theodor Körner
1951–65	Dr. h.c. Franz Jonas
1965–70	Bruno Marek
1970–73	Dr. h. c. Felix Slavik
1973–84	Mag. Leopold Gratz
1984–94	Dr. Helmut Zilk
seit 1994	Dr. Michael Häupl

Postberg

Die Adresse mit den meisten Abgabestellen (= „Hausbriefkästen“) Österreichs ist:

1230 Wien, Anton-Baumgartner-Straße 44

und benötigt für sich allein fünf Zusteller!

Diese Adresse ist auch bekannt als Wohnpark Alterlaa.

Für ca. 10.000 Menschen gibt es dort 3172 Abgabestellen, es werden täglich ca. 8500 Poststücke und 14.000 Postwurfsendungen zugestellt.

Lusthaus

Im ehemaligen Jagdschloß am Ende der Prater Hauptallee tanzte bereits *Der Wiener Kongreß.* Anlässlich des Jahrestages der Völkerschlacht bei Leipzig wurden dort gleichzeitig 18.000 Soldaten bewirtet.
1945 wurde es zerstört, aber schon 1949 wieder eröffnet.

Pfiff

Der Pfiff Bier wurde vom Gründer des *Trześniewski,* Herrn Francisek Trześniewski, Anfang des 20. Jahrhunderts erfunden. Der Grund war der, dass es auch Damen möglich sein sollte, Bier in einem öffentlichen Lokal zu trinken (sowie ärmeren Kunden ein günstiges Getränk anzubieten). Und da Seidel oder Krügel nicht sehr *ladylike* sind, wurde diese Größe eingeführt.
Die richtige Einschenkmenge beim Pfiff ist 0,125 l (= 1/8l) und nicht, wie so oft serviert, 0,2 l. Die Herkunft des Namens ist nicht überliefert. Eine mögliche Erklärung wäre, dass das Einschenken eines so kleinen Glases in der Zeit eines kurz ausgestoßenen Pfiffes möglich ist.

Atomreaktor Wien

Im Wiener Prater steht an der Schlachthausbrücke seit 1962 ein Atomreaktor. Er ist pro Jahr etwa 220 Tage im Einsatz, gilt als sicher und dient Forschungszwecken.

Einige von Wienern aus Prinzip falsch ausgesprochene Wörter

Image	*Immätsch*
Ingredienzen	*Ingredienzien*
Interview	*Interjuh*
menschlich	*mentschlich*
Regisseur	*Ressischör*
strukturell	*schdrugturell*

o je, o je!

Songcontest in Wien

Nach dem Sieg von Udo Jürgens 1966 wurde der *Grand Prix de la Chanson* am 8. April 1967 in Wien abgehalten, und zwar im glanzvollen Rahmen des Großen Festsaals der Wiener Hofburg. Die Moderatorin war Erica Vaal. Es siegte Sandie Shaw (Großbritannien) mit *Puppet On A String,* die abgesehen von ihrem Stimmtalent vor allem dadurch aufgefallen war, dass sie barfuß aufgetreten war.
Als Pausenprogramm vor der Jury-Wertung sangen die Wiener Sängerknaben.

Hier die Resultate:

LAND	KÜNSTLER	LIED	PLATZ/PUNKTE	
Vereinigtes Königreich	Sandie Shaw	*Puppet on a String*	1	47
Irland	Sean Dunphy	*If I Could Choose*	2	22
Fankreich	Noelle Cordier	*Il doit faire beau là-bas*	3	20
Luxemburg	Vicky Leandros	*L'amour est bleu*	4	17
Monaco	Minouche Barelli	*Boum Badaboum*	5	10
Spanien	Raphael	*Hablemos del amor*	6	9
Belgien	Louis Neefs	*Ik heb zorgen*	7	8
Deutschland	Inge Brück	*Anouschka*	8	7
Jugoslawien	Lado Leskovar	*Vse rože sveta*	8	7
Schweden	Öesten Warnerbring	*Som en dröm*	8	7
Italien	Claudio Villa	*Non andare più lontano*	11	4
Finnland	Fredi	*Varjoon–suojaan*	12	3
Portugal	Eduardo Nascimento	*O vento mudou*	12	3
Niederlande	Therese Steinmetz	*Ringe-dinge-ding*	14	2
Norwegen	Kirsti Sparboe	*Dukkemann*	14	2
Österreich	Peter Horten	*Warum es 100.000 Sterne gibt?*	14	2
Schweiz	Géraldine	*Quel cœur vas-tu briser?*	17	0

Mezzanin und Hochparterre

Besonders in Wiener Mietshäusern aus der Gründerzeit finden sich häufig die Bezeichnungen „Hochparterre" und „Mezzanin" für „Zwischenstöcke" vor dem 1. Stock. Diese Bezeichnungen sowie die Bezeichnungen „Parterre/Erdgeschoß" wie auch „Tiefparterre" und „Dachgeschoß" ermöglichten den Bau von bis zu sechsstöckigen Häusern in Zonen wie der Innenstadt, wo diese offiziell nicht mehr als drei oder vier Stockwerke hoch sein durften.

Wiener Saturnalien

Zwischen ca. 1906 und 1910 stellte die Firma Saturn (Inh. Johann Schwarzer) eine Reihe „hochpikanter" Kurzfilme zum Verleih für „Herrenabende" her, die in kürzester Zeit in ganz Europa heiß begehrt und für einige Zeit sogar marktbeherrschend waren.
Die Filme, meist harmlose Nacktszenen, hatten „einschlägige" Titel und riefen bald auch die Zensur auf den Plan. Nachdem die Herrenabende spätestens ab 1910 verboten wurden, stellte auch Saturn seine Produktion ein.
Bemerkenswert war auch das nicht nur im Vorspann, sondern oft auch als Deko-Element im Film verwendete Saturn-Logo – angebracht, um illegale Kopien und Weitervergaben zu erschweren.

Katalog 1907

1. Baden verboten
2. Der Traum des Weidmannes
3. Das unruhige Modell
4. Das Sandbad
5. Schaukelpartie
6. Diana im Bade
7. Schleiertanz
8. Jugendspiele
   Kompilation bestehend aus: Cricket und Reifenspiel (Nr. 9) und Springschnur und Amazonen (Nr. 10)
9. Cricket und Reifenspiel
10. Springschnur und Amazonen
11. Sklavenschicksal
    Französischer Titel: Sort d'une Esclave
    Italienischer Titel: Destino di Schiavi
12. Ein böser Fall
13. Der Angler
14. Sklavenraub
15. Sklavenmarkt

16. Jugendspiele III
17. Faun und Nixen
18. Weibliche Ringkämpfer
19. Der Traum des Bildhauers
20. Im Harem
21. Die Sklaverei im Orient
    Kompilation bestehend aus: Sklavenraub (Nr. 14), Sklavenmarkt (Nr. 15), Im Harem (Nr. 20), Sklavenschicksal (Nr. 11)
22. Eine aufregende Jagd
23. In der Garderobe
    Französischer Titel: Dans la Garde-Robe
    Italienischer Titel: Nella Guardaroba
24. Eine moderne Ehe
25. Im Hotel

Katalog 1911

26. Im Bade
27. Ein toller Streich
28. Zimmer zu vermieten
29. Aufregende Lektüre
30. Die Macht der Hypnose
31. Lebender Marmor
32. Weibliche Assentierung
33. Im Atelier
34. Wie der Herr, so der Diener
35. Der Hausarzt
36. Bei Madame Juliette
37. Der Kunstmäzen
38. Pfänderspiele
39. Der Erbonkel
40. Ehebruch oder nicht
41. Die lebenden Marmorbilder
42. Das eitle Stubenmädchen
43. Beim Fotografen (Archivtitel)
44. Zwei Männer im Bett ist einer zuviel (Archivtitel)
45. Erotik des Schuhwerks (Archivtitel)
46. Im Atelier
47. Drei lustige Mädchen (Archivtitel)
48. Eine lustige Geschichte
49. Morgentoilette einer Lebedame
50. Damenvarieté
51. Modelle
52. Er versteht sie nicht
53. Ohne Titel

Familie Sackbauer

Edmund „Mundl“ Sackbauer	*Karl Merkatz*
Antonia „Toni“ Sackbauer	*Ingrid Burkhard*
Hanni Sackbauer	*Erika Deutinger*
Karl „Karli“ Sackbauer	*Klaus Rott*
Franz „Nudlaug“ Vejvoda	*Alexander Wächter*
Irmi Sackbauer (geb. Werner)	*Liliana Nelska*
Herr Werner	*Jaromir Borek*
Frau Werner	*Ilse Hahnel*
Kurt Blahovec	*Götz Kauffmann*
Josefine „Fini“ Blahovec	*Dolores Schmidinger*

Familie Leitner

Vater Leitner	*Erich Nikowitz*
Mutter Leitner	*Friedl Czepa*
Sohn Karl	*Rudolf Strobl*
Schwiegertochter Ilse	*Senta Wengraf*
Tochter Maria	*Renée Michaelis*
Schwiegersohn Walter	*Alfred Böhm*
Tochter Gerda	*Gertraud Jesserer/Heidelinde Weis*
Dr. Otto Sedelmayer	*Franz Messner*
Harry Stagl	*Peter Weck*
Tante Frieda	*Dorothea Neff*
Onkel	*Guido Wieland*

Familie Merian

Marianne Merian	*Elfriede Irrall/Dany Sigel*
Dr. Peter Merian	*Alfred Reiterer*
Schorsch Merian	*Stefan Fleming*
Heini Merian	*Felix Römer*
Claudia Merian	*Irina Wanka*
Mag. Liguster	*Miguel Herz-Kestranek*
Haberl	*Rudolf Carl*

Familie Lafite

Sektionschef a.D. Franz Lafite	*Franz Stoss*
Hilla Lafite	*Hilde Krahl*
Tochter Elfi	*Elfriede Ott*
Enkel Tommy	*Thomas Wachauer*
Enkelin Petra	*Petra Liederer*
Hausfreund Heinz	*Heinz Marecek*
Onkel Guido	*Guido Wieland*

Rosa Schnitten

Die Mannerschnitte gilt in Österreich praktisch als Grundnahrungsmittel, ist sie doch im amtlichen Warenkorb enthalten, nach dem Preisvergleiche von z. B. Supermärkten erstellt werden.

Aus Dankbarkeit für die treuen Dienste, die der Wiener Stephansdom der Firma als Logo geleistet hat, bezahlt die Firma Manner das gesamte Gehalt eines Steinmetzen von St. Stephan. Dieser trägt einen rosa Ganzkörperoverall mit dem Firmenlogo.

Die Vermarktung der Wiener „Mannerschnitten" hat mittlerweile globale Ausmaße erreicht. So war sogar in einigen Folgen der erfolgreichsten Sitcom der Welt – *Friends* – eine Manner-Werbetafel als Product Placement zu sehen.

Einige Wiener Kabarettlieder

„Aber der Nowak lässt mich nicht verkommen"
„Der Bluntschli"
„Der Bundesbahnblues"
„Der g'schupfte Ferdl"
„Der Halbwilde"
„Der Papa wird's schon richten"
„Der Überzieher"
„Ich wünsch' mir zum Geburtstag einen Vorderzahn"
„Nur für eine Chesterfield"
„Opernboogie"
„Schnucki, ach, schnucki"
„Tauben vergiften"
„Telefonbuchpolka"
„Zwei alte Tanten tanzen Tango"

Das Blinken des Ringturms

Die 20 Meter hohe, auf dem Dach des 23-stöckigen Wiener Ringturms (erbaut nach Plänen von Erich Boltenstern zwischen 1953–1955) befestigte Lichtersäule dient nicht nur dazu, etwaige ankommende Flugzeuge vor dem höchsten Gebäude der Ringstraße zu warnen – sondern zeigt vor allem das Wetter an.

Die 17 Leuchten blinken in verschiedenen Farben eines Codes, der wie folgt lautet:

Rot aufsteigend .... *Temperatur steigend*
Rot absteigend .... *Temperatur fallend*
Grün aufsteigend .... *Wetterlage wird besser*
Grün absteigend .... *Wetterlage wird schlechter*
Rot blinkend .... *Warnung Gewitter oder Sturm*
Weiß blinkend .... *Schnee oder Glatteis*

WIEN, AUSLÄNDISCH

(In Klammern: Transkription der Originalschreibweise)

Afrikaans/Niederländisch .... *Wenen*
Albanisch .... *Vjenë*
Altnorwegisch .... *Vínarborg*
Arabisch .... *(Fīnā), (Fīyannā)*
Armenisch .... *(Viena)*
Azerbaidschanisch/
Tatrisch/Usbekisch .... *(Vena)*
Bengalisch .... *(Bíyena)*
Bulgarisch/Mazedonisch .... *(Viena)*
Chinesisch .... *(Wéiyěnà)*
Englisch/Korsisch/Italienisch .... *Vienna*
Esperanto .... *Vieno*
Estnisch .... *Viin*

Französisch	*Vienne*
Georgisch	*(Vena)*
Griechisch	*(Viénnī)*
Hebräisch	*(Wīna)*
Hindu	*(Viyenā), (Viyanā), (Viyānā), (Vienā)*
Irisch (Gälisch)	*Vin*
Isländisch	*Vín, Vínaborg*
Japanisch	*(Uuīn)*
Jiddisch	*Vin)*
Kantonesisch	*(Wàihyáhnaahp)*
Kashubian	*Widen*
Katalanisch/Litauisch/Ladinisch/ Portugiesisch/Rumänisch/Spanisch	*Viena*
Kirchenslawisch	*(Věna)*
Koreanisch	*(Bin)*
Kroatisch	*Beč*
Kurdisch	*Viyen, Viyana*
Lettisch	*Vīne*
Maltesisch	*Vjenna*
Moldavisch	*(Viena)*
Myanmar	*(Biyinnamo)*
Pashtu	*(Wiyānā)*
Persisch	*(Viyan)*
Polnisch	*Wiedeń, Wideń*
Russisch	*(Vena)*
Schwedisch	*Wien*
Serbisch	*(Beč)*
Singalesisch	*(Viyānāva)*
Slowakisch	*Viedeň*
Slowenisch	*Dunaj*
Tagalog	*Biyena*
Thailändisch	*(Wiyannā)*
Tschechisch	*Vídeň*
Türkisch	*Viyana*
Turkmenisch	*(Wena)*
Uigurisch	*(Wéna)*
Ukrainisch	*(Viden'), (Vena)*
Ungarisch	*Bécs*
Urdu	*(Viyānā)*
Vietnamesisch	*Viên*
Vöro	*Viiń*
Walisisch	*Fienna*
Weißrussisch	*Viena*

Schönbrunn-Kabbala

In den Grundplan von Schloss Schönbrunn und vor allem von dem unter Franz Stephan von Lothringen errichteten Tiergarten soll eine ganze Reihe von mystischen, rosenkreuzerischen und kabbalistischen Symbolen und Zahlen eingearbeitet sein.

So bilden die auf den Frühstückspavillon des Tiergartens zuführenden Alleen und gewisse Inseln im Ententeich ein gleichschenkeliges Dreieck, das Ganze soll astronomische Messpunkte darstellen.

Manche modernen Mystiker orten sogar zwischen den ersten größeren Umbauten des Zoos (1885) und dem Niedergang des Habsburgerreiches einen Zusammenhang. Der damalige Menagerie-Inspektor Alois Kraus ließ beim Umbau nämlich – unwissentlich – einige der Baumringe und Kraftlinien von Franz Stephan zerstören.

Postflut

Der Tag mit dem stärksten Briefaufkommen Wiens war der 21. Dezember 2004.

Im Briefzentrum Wien (Verteilzentrum) wurden 6,5 Mio. Briefe sowie 360 Tonnen Zeitungen & Zeitschriften von 12.000 Mitarbeitern die ganze Nacht bearbeitet.

Die komplette Gästeliste Hermes Phettbergs in der „Nette Leit Show"

(ohne besondere Ordnung)

Hilde Hawlicek
SPÖ-Abgeordnete zum EU-Parlament

Diana Shooman
Amerikanerin in Wien

Sepp Kerschbaumer
Fährmann auf dem Donaukanal

Alfred Psota
Lebensmittelexperte

Rotraut Perner
Psychoanalytikerin

Armin Thurnherr
Verleger

Hans Bankl
Pathologe

Karl Ferdinand Kratzl
Poet

Hermann Nitsch
Maler

Didi Constantini
Fußball-Trainer

Hans Michael Maitzen
Univ. Prof. Astronomie

Wolfgang Staribacher
Musiker

Carl-Michael Belcredi
Journalist

Marcel Prawy
Musik-Kritiker

Ernst Wolfram Marboe
Intendant

Günther Nenning
Journalist

Wolfgang Kos
Museumsdirektor

Stefan Weber
Musiker

Edith Klinger
Tierschützerin

Lore Krainer
Kabarettistin

Isabella S.
Tatblatt

Manfred Deix
Cartoonist

Chris Lohner
Moderatorin

Hugo Kirnbauer
Radio-Journalist

Peter Kern
Schauspieler und Autor

Sigi Maron
Sänger

Sissy Löwinger
Theaterdirektorin und Schauspielerin

Paul Chaim Eisenberg
Oberrabiner Isrealitische Kultusgemeinde

Peter Campa
Plakatierer und Dichter

Helmut Kaplan
Präsident der Vegetarischen Gesellschaft Österreichs

Werner Resel
Generalsekretär der Wiener Philharmoniker

Manfred Glössel
Zahnarzt

Rolf Schwendter
Prof. für Devianzforschung aus Gumpendorf

Josef Pointner
Katastrophenforscher

Elizabeth T. Spira
ORF-Redakteurin „Alltagsgeschichten“

Johannes Langer
Obmann von „Homosexuelle und Kirche“

Horst Ingruber
Verwaltungsdirektor des AKH Wien

Ulrike Schelander
Chefin von „Greenpeace Österreich“

Friedrich Achleitner
Architekturkritiker

Franz Antel
Filmregisseur

Hilde Sochor
Schauspielerin

Josef Pointner
Katastrophenforscher

Dr. Gerti Senger
Sexualtherapeutin

Mag. Ferry Fischer
Coach für Wirtschaftsmanager

Elisabeth Kny
Volksschullehrerin

Franz Karl
Ehem. Vorsitzender der Hundekotkommission

Helmut Pechlaner
Dir. Tiergarten Schönbrunn

Horst Gabriel
Geschäftsführer von „Frucade“

Erwin Heberle-Bors
Gen-Technologe

Brigitte Gaal
Pilotin

Tobias Moretti
Schauspieler

Bernd Saletu
Schlafforscher

Reinhard Gerer
Chefkoch „Korso“

Johanna Dohnal
Ex-Ministerin

Stefanie Werger
Austropop-Sängerin

Barbara Enzinger
McDonalds Osteuropa

Kurt Palm
Regisseur

Japanische Gärten in Wien

- Japanischer Garten im Schlosspark Schönbrunn (13., südl. des Palmenhauses)
- Japanischer Garten vor der Japanologie (9, AAKH-Campus, Innenhof)
- Setagayapark (19., Hohe Warte/Gallmeyergasse)
- Takasakipark im Kurpark Oberlaa (10., Laaerbergstraße 211)

Wiener Währungsreform

Die Währungsumstellung wurde in Wien auch straßennamenstechnisch gewürdigt: So gibt es seit kurzem eine *Schillingstraße* und einen *Europlatz.*

Einige Distanzen von Wien

Achau	14,87 km
Biedermannsdorf	13,21 km
Bisamberg	13,04 km
Brunn am Gebirge	12,72 km
Gerasdorf bei Wien	11,84 km
Groß-Enzersdorf	13,65 km
Kapstadt	9.138,68 km
Kierling	13,36 km
Klosterneuburg	11,72 km
Langenzersdorf	11,19 km
Laxenburg	14,87 km
Maria Enzersdorf	12,72 km
Maria Lanzendorf	11,72 km
Mauerbach	9,89 km
Mittelpunkt des Mondes	386.891 km
Mödling	14,87 km
Palermo	1.150 km
Perchtoldsdorf	11,87 km
Purkersdorf	14,82 km
Rom	760 km
Schwechat	10,49 km
Venedig	430 km
Vösendorf	0,59 km
Weidling	10,50 km

Die Königin ist tot! Es lebe die Kaiserin!

Die Wienerin Marie Antoinette (Maria Antonia) wurde als Gemahlin König Ludwigs XVI. und als französische Königin am 16. Oktober 1793 in Paris hingerichtet. Nur 17 Jahre später wurde die Wienerin Marie Louise (Maria Ludovika, Maria Luigia) 1810 die Gemahlin von Napoleon I. und damit Kaiserin der Franzosen.

Wien, thermal

Die Thermenlinie – ein geologisches Bruchsystem am Abbruch der Nördlichen Kalkalpen zum Wiener Becken – verläuft seit Urzeiten im Gebiet Atzgersdorf–Oberlaa auch durch Wien. Eine bis heute gültige Karte des Verlaufs der Schwefel- und anderen Thermalquellen darauf wurde vom k.u.k. Oberst Peichl nur mit der Wünschelrute erstellt. Er erhielt dafür diverse Ehrungen und auch ein Abzeichen in Form einer vergoldeten Wünschelrute an seinem Uniformkragen. Später wurde auch eine Straße nach ihm benannt. Die ebenfalls von ihm gefundene Quelle in Oberlaa wurde aber erst 1965 erschlossen, und erst 1974 wurde dort ein Kurzentrum eröffnet – Wiens größtes Thermalbad auf eigenem Grund.

Burgtheater alt und Neu

Am 12. Oktober 1888 wurde das alte Hofburgtheater am Michaelerplatz mit einer Aufführung von Goethes „Iphigenie auf Tauris" geschlossen. Am 14. desselben Monats wurde das neue Haus am Ring mit Grillparzers „Esther"-Fragment und Schillers „Wallenstein" eröffnet. Dennoch trauerten die Wiener ihrem alten Burgtheater nach, wie zwei zeitgenössische Berichte zeigen:

„... Als das alte Burgtheater, in dem Mozarts ‚Hochzeit des Figaro' zum erstenmal erklungen, demoliert wurde, war die ganze Wiener Gesellschaft wie bei einem Begräbnis feierlich und ergriffen in den Räumen versammelt; kaum war der Vorhang gefallen, stürmte jeder auf die Bühne, um wenigstens einen Splitter von den Brettern, auf denen ihre geliebten Künstler gewirkt, als Reliquie nach Hause zu bringen, und in Dutzenden von Bürgerhäusern sah man noch nach Jahrzehnten diese unscheinbaren Holzsplitter in kostbarer Kassette bewahrt, wie in den Kirchen die Splitter des heiligen Kreuzes …"

Stefan Zweig, „Die Welt von gestern", 1942

„Zum letzten Male ist also im alten Hause der Vorhang gefallen, der Abschied hat sich vollzogen, und wie schwer er den Freunden des verwitterten, schmucklosen und doch uns Allen so theuren Baues geworden, das läßt sich in schlichte Prosa nicht fassen … Diesmal waren übrigens sogar Sperrsitz- und Logeninhaber aus ihrer sonstigen olympischen Ruhe aufgeschreckt, und obzwar sie gewiß sein durften, ihre Plätze zu finden, trafen auch sie zu ungewohnt früher Stunde ein, und schon um 6 1/2 Uhr war ein großer Theil des Hauses besetzt. Niemand wollte zu spät kommen; und so kam beinahe Alles zu früh. Die Aufregung, in welcher sich das Publikum befand, dokumentierte sich in einer höchst lebhaften Konversation. Das summte und surrte wie in einem Bienenkorbe, ja von der vierten Galerie herab klang es manchmal ein wenig wie Sturm… Von solcher Aufregung war auch nicht der vornehmste Kreis des Auditoriums verschont. In der Hofloge herrschte ein Kommen und Gehen, wie wir es noch niemals wahrgenommen. Als die Aufführung begann, waren anwesend, und zwar in der Reihenfolge von der Bühne an: Die Erzherzoginnen Dorothea, Maria Josefa, Erzherzog Ludwig Viktor – diese Drei in der sonst vom Fürsten Hohenlohe eingenommenen Proszeniumsloge, während dieser im zweiten Range saß – der Kaiser, König Albert von Sachsen, Erzherzogin Marie Valerie, Erzherzog Otto, Erzherzogin Maria Theresia, Erzherzog Karl Ludwig, Kronprinzessin Stefanie, Erzherzog Wilhelm. Den Kaiser und seine Tochter schien das bewegte Leben im Hause sehr zu amüsieren, denn sie musterten heiter lächelnd die Versammlung und beobachteten lange Zeit besonders die vierte Galerie. Im dritten Akte entfernten sich Kaiser Franz Joseph und König Albert. Im vierten Akte erschienen der Kronprinz, Erzherzog Albrecht und der Prinz von Wales (in Hußarenobersten-Uniform), und im fünften Akte kehrte der Kaiser zurück, um bis an's Ende zu verbleiben. Kronprinzessin Stefanie lauschte den Vorgängen auf der Bühne mit gespanntester Aufmerksamkeit; sie ist eine so gute Wienerin geworden, daß auch sie wohl ungern das alte Burgtheater verläßt; im Laufe des Abends mußte Erzherzog Wilhelm ihr sein Federmesser zur Verfügung stellen, und sie schnitt sich eine Quaste von der Draperie der Hofloge ab, um sie als Reliquie zu verwahren. Das Haus war von tout Vienne besetzt. Alles was in Wien auf gesellschaftlichen Rang Anspruch macht, war erschienen …"

„Neues Wiener Tagblatt", 13. Oktober 1888, S. 7

Einige Reste der unregulierten Donau

(von Nord nach Süd)

Alte Donau
Kaiserwasser
Oberes Mühlwasser
Unteres Mühlwasser
Mühlwasser
Kleines Schilloch
Großes Schilloch
Schillerwasser
Alte Naufahrt
Tischwasser
Dechantlacke
Naturschutzgebiet „Toter Grund“
Oberleitner Wasser
Groß Enzersdorfer Arm
Seeschlacht
Panozza Lacke
Fasangarten Arm
Ölhafen Lobau
Donau-Oder-Kanal (1er Kanal)
Eberschüttwasser
Lausgrundwasser
Das schwarze Loch
Göthenwasser
Mittelwasser
Kuhwörther Wasser
Brunnader

Kuchelauer Hafen
Donaukanal
Heustadelwasser
Krebsenwasser
Lusthauswasser
Mauthnerwasser
Winter-(Freudenauer-)Hafen
Blaues Wasser
Alberner Hafen

Stockautobus

Der erste Wiener Doppeldecker-Autobus wurde Anfang 1960 in Betrieb genommen.

Noch in den 70er-Jahren waren die rund 12 Tonnen schweren Doppeldecker etwa auf der viel befahrenen Strecke 13A häufig zu sehen.

Unbekannter Bestseller

Der 1941 in Wien geborene Ernst Vlcek ist einer der bedeutendsten Autoren der deutschsprachigen Science-Fiction und Horror-Literatur. Nicht nur steuert er seit 1970 regelmäßig Romane zur größten SF-Serie der Welt, „Perry Rhodan", bei, er leitete auch über 16 Jahre hinweg deren „Exposé-Redaktion", die den Kurs und die Richtung der Serie festlegt. Darüber hinaus schuf Vlcek auch noch eine Reihe anderer Heftromane und Taschenbücher – insgesamt über 350, mit über 22.000 Seiten. Etwa die Serie „Dämonenkiller", die bei Horror-Fans Kultstatus genießt, immer wieder aufgelegt wird und von Ernst Vlcek erfunden und geleitet wurde.

Damit hat Ernst Vlcek mit ziemlicher Sicherheit mehr Seiten publiziert als jeder andere österreichische Schriftsteller, lebend oder tot. Da „Perry Rhodan" unter anderem in Frankreich, Italien, Brasilien, den USA und Russland erscheint oder erschien (bestätigte Gesamtauflage: über 1 Milliarde Hefte), gehört das Werk von Ernst Vlcek zu den weltweit am meisten verbreiteten eines österreichischen Autors. Vermutlich haben seine Werke sogar eine höhere Auflage als die von Österreichs offiziellem Bestseller-Autor Nr. 1, Johannes Mario Simmel.

Aus den Waffenvorräten der Stadt Wien im Jahr 1444

2	kuphrein viertailpüchsen und 8 klain kuphrein Püchsen auf Rädlein
5	kuphreine Hagkenpüchsen und 98 kuphreine Handpüchsen mit etlichen pewteln
1314	groß und klaine püchsenstain
267	Stain
2036	püchsenstain groß und klain
zwey	Vessel mit Salniter wegen 19 Centen 80 tt.
9	Vessel mit pulver ligent im Eckturn hintern Vertern
24	Stukh Heflein Kol im Judenturn
ain	Lagl Swebl
5	Zelt
300	Tartschen *(kleine Schilde)* rot grab und swarz und gelb
5	Setztartsche und 36 Armbrust ligent im Saal *(Rathaus)*
111	gemalte Tartschen
9	Lantz mit pfeiln
200	new swarz Eisenhüt

zwayn gross Gaisfuess *(zum Ersteigen von befestigten Orten und zum Brechen von Toren und Mauern)*

KLICK

Die Höchste Japanerdichte der Stadt ist jeden Sommer vor dem Johann-Strauß-Denkmal im Stadtpark und dem Mozart-Denkmal im Burggarten zu beobachten.

Nummernadel

Von der Monarchie bis in die Nachkriegszeit war der Kennbuchstabe für Wiener Autokennzeichen ein „A“.

Ab 1947 wurde das „W“ eingeführt, wobei spezielle Fahrzeuge ab 1967 mit anderen Buchstaben begannen:

BB	*Österreichische Bundesbahnen*
BH	*Bundesheer*
BP	*Bundespolizei*
JW	*Justizwache (seit 1977)*
PT	*Post- und Telegrafenverwaltung*
ZW	*Zollwache*

Ausländische Diplomaten erhielten das Kennzeichen WD, Konsule WK.

Außerdem konnte man an der Anfangsnummer oft noch mehr erkennen:

7	*stand für LKWs*
8	*für Anhänger*
41, 42	*für Taxis und Mietwagen*

Seit der Umstellung findet man diese besonderen Bezeichnungen am Ende der Nummer.

BE	*Bestattung (z. B. W-1256 BE)*
EW	*Elektrizitätswerk*
FW	*Feuerwehr*
GE	*Gemeindeeigne Fahrzeuge*
GT	*Gewerblicher Gütertransport*
GW	*Gaswerk*
KT	*Gewerbliche Kleintransporte*
LO	*Städtische Linienautobusse*
MA	*Fahrzeug eines Magistrates*
MW	*Mietwagen*
RD	*Rettungsdienst (Ambulanz)*

RK .... *Rotes Kreuz*
TX .... *Taxi*
VB .... *Fahrzeug der städtischen Verkehrsbetriebe*

Der alte „Nummernadel“ (vier oder sogar dreistellige Nummern!) wurde durch die Wunschkennzeichen ersetzt.

Für besondere Zwecke wurden Kennzeichentafeln mit speziellen Farben eingeführt:

blau .... *für Probefahrten*
blau mit rotem Streifen .. *für befristete Zulassungen (Zollkennzeichen)*
grün .... *für Überstellungsfahrten*
rot .... *für ausländische Anhänger, die mit einem österreichischen Zugfahrzeug gezogen werden, sowie für Motorfahrräder*

Diese Farbcodes sind im Großen und Ganzen noch heute in Verwendung.

Wiens erstes „Hochhaus“

Ecke Fleischmarkt/Judengasse am heutigen Desider-Friedmann-Platz findet sich ein turmartiges Gebäude, 1825–1827 vom Architekten Josef Kornhäusel (1782–1860) für sich selbst als Atelier und Wohnung im Biedermeierstil errichtet. Angeblich soll das Haus früher keinen Eingang in Straßenhöhe gehabt haben, sondern nur eine aufziehbare eiserne Stiege im ersten Stock. Nach manchen Quellen wollte der Architekt so mehr Ruhe zum Arbeiten haben, nach anderen wollte er sich so vor der Verfolgung durch seine eifersüchtige Gattin schützen. Kornhäusel ist dort jedenfalls auch gestorben.
Das Haus wurde in den Jahren 1842–1848 von Adalbert Stifter bewohnt, der auf dessen Dach die totale Sonnenfinsternis am 8. Juli 1842 beobachtete, die er auch literarisch in seinen Skizzen „Aus dem alten Wien“ verarbeitet hat.

Wien liegt im Meer

Vor 17 Millionen Jahren erstreckte sich im Gebiet um Wien das so genannte Pannonische Meer. Darin gab es Riesen-Haie, Wale und Seekühe. An den Ufern wucherten in sumpfigen Buchten subtropische Wälder, bewohnt unter anderem von Ur-Wildschweinen und Ur-Elefanten. Es gab auch Inseln: das heutige Leithagebirge.

Kottan total

Folge 1
Hartlgasse 16a
(Kottan: Peter Vogel)
1976

Folge 2
Der Geburtstag
(Kottan: Peter Vogel)
1977

Folge 3
Wien Mitte
(Kottan: Franz Buchrieser)
1977

Folge 4
Nachttankstelle
(Kottan: Franz Buchrieser)
1978

Folge 5
Drohbriefe
(Kottan: Franz Buchrieser)
1979

Folge 6
Räuber und Gendarm
(Kottan: ab hier
Lukas Resetarits)
1980

Folge 7
Die Beförderung
1981

Folge 8
So long, Kottan
1981

Folge 9
Die Einteilung
1983

Folge 10
Kansas City
1981

Folge 11
Die Entführung
1981

Folge 12
Hausbesuche
1981

Folge 13
Fühlt wie du
1981

Folge 14
Genie und Zufall
1982

Folge 15
Die Enten des Präsidenten
1982

Folge 16
Smokey und Baby und Bär
1982

Folge 17
Mein Hobby: Mord
1983

Folge 18
Kaiser schickt Soldaten aus
1983

Folge 19
Mabuse kehrt zurück
1983

Einige Wienerische Ausdrücke mit tschechischer Wurzel

Buchteln
Buchteln, Gebäck . . . . *buchta = Buchtel, Kuchen*
(P)Frnak
große Nase . . . . *frňak = große Nase*
Golatsche
Golatsche, Gebäck . . . . *kolač = Kuchen*
Kren
Meerrettich . . . . *křen = Kren.*
Lepschi, auf Lepschi gehen
ausgehen, auf Aufriss gehen, fremd gehen . . . . *lepši = besser*
papierln
foppen, schlecht behandeln . . . . *popírat, popřít = bestreiten*
Pawlatschen
Bühne im Freien . . . . *pavlač = Galerie, Balkon*
Piwo
Bier . . . . *pivo = Bier*
platzn
weinen, heulen . . . . *plakat, pláč = weinen, Weinen*
Plutzer
(großer) Kopf, Melone . . . . *plod = Frucht*
pomali
gemächlich . . . . *pomalu = langsam*
Ribisel
Rote Johannisbeere . . . . *rybiz = Ribisel*
Tschopperl
. . . . *čápek = kleiner Storch*

Grüngürtel

Der „Grüngürtel“ um Wien wurde am 29. November 1995 vom Wiener Gemeinderat ge- und beschlossen. Schon 1905 wurden der Wienerwald und große Flächen im Süden von Wien unter Bürgermeister Lueger unter Schutz gestellt. Der 90 Jahre später geschaffene Grüngürtel umschließt Wien – einzigartig für eine Millionenstadt – fast lückenlos und besteht aus folgenden Teilen:
Bisamberg – Nord-Süd-Spange von Bahnhof Breitenlee um das Flugfeld Aspern – Marchfeld (landwirtschaftlich genutzt) – Lobau – Prater – Simmeringer Haide – Spange Zentralfriedhof-Goldberg bis Unterlaa, Oberlaa und Rothneusiedel (landwirtschaftlich genutzt) – Löwygrube, Heuberggstätten, Wienerberg – Liesingbach, Lainzer Tiergarten – Wienerwald

Einige Popsongs mit Wien-Bezug

Ganz Wien	Falco
Haben Sie Wien schon bei Nacht gesehen?	Rainhard Fendrich
Josephine	Tori Amos
Goodnight Vienna	Ringo Starr
The Ballad of John and Yoko	John Lennon
Vienna Calling	Falco
Vienna waits for you	Billy Joel
Vienna	Ultravox
Vienna, Vienna	José Feliciano
Wien	Dagmar Koller/Helmut Zilk
Wiener Blut	Falco

Abortarme Trutzburg

Die Roßauer Kaserne gehört zu einer Reihe Wiener Kasernenbauten, die in erster Linie den Zweck hatten, die nach 1848 als potentiell revolutionär eingestufte Stadtbevölkerung zu kontrollieren. Sie wurde 1865–1869 als „Rudolfskaserne“ in Formen des romantischen Historismus errichtet.

Der Mythos, der Architekt hätte beim Bau die Klos vergessen, entstand wohl dadurch, dass der Riesenbau ausschließlich zwei Mannschaftsaborte in zwei Ecktürmen aufwies.

Aufforderung zur Entfernung, Wienerisch

Drah di!
Fohr oh!
Geh bodn!
Geh di brausen!
Hau di ibad Heiser!
Hau di in Ohcker!
Hau di in Talon!
Hupf in Gatsch
(und schlog a Wöhn)!
Moch an Servas!
Putz di!
Reiß oh wiar a Vierzgerzwirn!
Schleich di!
Schwing di!
Spuck aus
und schwimm ham!
Spüh a Wolken!
Tauch oh!
Vakumm!
Varroll di!
Varschwind!
Varteil di!
Ziag oh!
Zisch oh!

Futterrechnung, historisch

Futteranweisung vom 4. Oktober 1570 für den Tiergarten Schönbrunn:

„Erstlich auf drey Leben, täglich achtzehn Pfund Rindfleisch, aufs Tigerthier alle tag drey Hertz, und was man davon schneidt den Chatzen, item auf den großen Pern, je einen Tag umb vier Khreytzer Prot, und was man von Krautschöllen und Obst und anndren Spiellicht aus der Erzh. Durchl. Khuchel gehaben mag. Mehr auf den Straussen, wochentlich sechs Achtel Gersten, drei Achtel Kleiben, das Khraut was man in der Kuchel und dem Garten nit bedarf, mag auch gebraucht werden. Und für die Pyer zwelff Khreytzer."

(Leben = Löwen, Pern = Bären, Pyer = Biber)

Sehenswürdig

Die bei Touristen beliebtesten Sehenswürdigkeiten (2003)

1. Tiergarten Schönbrunn
2. Schloss Schönbrunn
3. Albertina
4. Kunsthistorisches Museum
5. Riesenrad
6. Kaiserappartements
7. Silberkammer
8. Donauturm
9. Belvedere
10. Leopold Museum

2004 verdrängte das Schloss Schönbrunn den – erst seit 1918 öffentlich zugänglichen – Tiergarten von Platz 1.

Stadtbahn, militärisch

Die Stadtbahn wurde – aus strategischen Überlegungen – ursprünglich als richtige Eisenbahnlinie gebaut. Der Hintergedanke war, im Notfall eine Verbindung zwischen den recht weit voneinander entfernten Wiener Bahnhöfen für Truppen- und auch Gütertransport zur Verfügung zu haben. Die Strecke war daher auch ursprünglich auf Dampfbetrieb eingestellt. Erst im Jahre 1925 wurde sie elektrifiziert.

Badminton am Ballhausplatz

Der Ballhausplatz, Adresse des Bundeskanzleramts und der Kanzlei des österreichischen Bundespräsidenten, verdankt seinen Namen einem von 1741 bis 1903 dort befindlichen „Ballhaus“. In diesem spielte die adelige Gesellschaft Tennis (Badminton).

Bezirke, alphabetisch

Alsergrund
Brigittenau
Donaustadt
Döbling
Favoriten
Floridsdorf
Hernals
Hietzing
Innere Stadt
Josefstadt
Landstraße
Leopoldstadt
Liesing
Margareten
Mariahilf
Meidling
Neubau
Ottakring
Penzing
Rudolfsheim-Fünfhaus
Simmering
Wieden
Währing

Nachtschattengewächse

Gesetz über die Regelung der Prostitution in Wien (Wiener Prostitutionsgesetz – Auszug):

„§ 4. (1) Die Anbahnung darf nicht in aufdringlicher Weise erfolgen.
(2) Die Anbahnung der Prostitution ist in Bahnhöfen, Stationsgebäuden und Haltestellenbereichen öffentlicher Verkehrsmittel verboten. Weiters ist die Anbahnung der Prostitution an folgenden Örtlichkeiten (Schutzobjekten) und zusätzlich auch in einem Schutzbereich von 150 m Entfernung von diesen Örtlichkeiten verboten: 1. Gebäude und Gebäudeteile, die religiösen Zwecken gewidmet sind; 2. Kindertagesheime; 3. Schulen und Schülerheime; 4. Jugendheime und Jugendzentren; 5. Kinder- und Jugendspielplätze; 6. Heil- und Pflegeanstalten; 7. Friedhöfe. Der Schutzbereich stellt dabei einen Umkreis mit einem Radius von 150 m Luftlinie dar, dessen Mittelpunkt der nächstliegende Ein- oder Ausgang des Schutzobjektes ist. Von diesem Schutzbereich ausgenommen ist der Fall, dass sich zwischen Schutzobjekt und dem Ort der Anbahnung der Prostitution eine Abgrenzung befindet, die innerhalb des Schutzbereiches keine Verbindungswege und keine Sichtverbindung zum Schutzobjekt aufweist, wie insbesondere eine Bahntrasse oder eine Einfriedungsmauer.“

Im Übrigen ist die Prostitution auf der Straße im Bereich des 1. Bezirks von 23 bis 4 Uhr, in den übrigen Bezirken ab 1. September bis 31. März nur zwischen 20 und 4 Uhr, ab 1. April bis 31. August nur von 21 bis 4 Uhr gestattet.

Anna Wessely
1876–1961
Hausfrau

⚭

Carl Wessely
1872–1960
Fleischhauer

→ SCHWESTER:
Josephine Wessely
1860–1887
Schauspielerin

Marie „Mitzi“ Wessely
1901–1955
Kaffeehausbesitzerin

Paula Wessely
1907–2000
Schauspielerin

Alois Hörbiger
1810–1872
Orgelbauer
GROSSVATER VON:

↓

Hanns Hörbiger
1860–1931
Entdecker der Welteislehre, Erfinder der Hörbiger-Ventile

⚭

Leopoldine Hörbiger
1861–1961
Hausfrau

Attila Hörbiger
1896–1987
Schauspieler

Hanns Hörbiger
1885–1953
Ingenieur

Alfred Hörbiger
1891–1945
Ingenieur und akad. Maler

Paul Hörbiger
1894–1981
Schauspieler

Attila Hörbiger
1896–1987
Schauspieler

⚭

Paula Wessely
1907–2000
Schauspielerin

Elisabeth Orth
1936
Schauspielerin

SOHN:

Cornelius Obonya
1969, *Schauspieler*

Christiane Hörbiger
1938
Schauspielerin

SOHN:

Sascha Biegler
1968, *Regisseur*

Maresa Hörbiger
1945
Schauspielerin

SOHN:

Manuel Witting
1977, *Schauspieler*

Ernst Gettke
1841–1912
1. Direktor des Raimundtheaters

⚭

Josefine Gettke
1869–1940
Opernsängerin

Paul Hörbiger
1894–1981
Schauspieler

⚭

Josefa „Pippa“ Hörbiger
1895–1989
Schauspielerin

Christl Hörbiger
1922
Antiquitätenhändlerin und Schauspielerin

SOHN:

Andreas Hörbiger
1943, *Bankkaufmann*

Thomas Hörbiger
1931
Gastronom und Liedertexter

KINDER:

Sascha Hörbiger
1969, *Kaufmann*

Mavie Hörbiger
1979, *Schauspielerin*

Hans Hörbiger
1988, *Schüler*

Monika Tramitz
1930
Hausfrau

KINDER:

Christian Tramitz
1955, *Schauspieler*

Nikolas Tramitz
1969, *Wiener Symphoniker*

Manuela Tramitz
1954, *Lehrerin*

Wiener Lüfterl

Schon aus dem Mittelalter soll der folgende Spruch überliefert sein:

Vienna ventosa vel venenosa

(frei übersetzt: In Wien geht entweder der Wind oder es stinkt)

Den Hintergrund dafür dürfte die klimatisch begünstigte Lage von Wien bilden. Das ebenso sprichwörtliche „Wiener Lüfterl" verhindert die in anderen Städten oft unvermeidliche großstädtische Dunstglocke sowie winterlichen Smog.

Einige Aussprüche von Kaiser Ferdinand I.

Ferdinand I. (19. April 1793–29. Juni 1875), genannt „der Gütige", aber auch „Gütinand der Fertige" sowie „der G'schupfte Ferdl" bzw. „Kretin", Kaiser von Österreich (1835–48), werden von vielen historischen Quellen einige besondere Aussprüche zugeschrieben:

Jo, derfn s' denn des?
Kaiser Ferdinand erfährt 1848 vom Ausbruch der Revolution.

Ich bin der Kaiser und will Knödel!
Kaiser Ferdinand ist mit dem Essen unzufrieden.

Gern gsche'hn
Kaiser Ferdinand unterzeichnet 1848 seine Abdankung zugunsten seines Neffen Franz Joseph.

So hätt' ich's auch getroffen.
Kaiser Ferdinand kommentiert im Ruhestand in Prag den verheerenden Ausgang der Schlacht von Königgrätz, bei dem die österreichische Armee von der preußischen vernichtend und blutig geschlagen wurde.

Einige österreichische Orte mit einer „Wiener Strasse"

Alte Wiener Straße:
2460 Bruck an der Leitha

Alte Wienerstraße:
5301 Eugendorf

Wiener Straße:
2000 Stockerau
2020 Hollabrunn
2070 Retz
2100 Korneuburg
2102 Bisamberg
2103 Langenzersdorf
2104 Spillern
2115 Ernstbrunn
2120 Wolkersdorf im Weinviertel
2122 Ulrichskirchen
2124 Niederkreuzstetten
2143 Großkrut
2170 Poysdorf
2172 Schrattenberg bei Poysdorf
2191 Gaweinstal
2193 Wilfersdorf
2230 Gänserndorf
2262 Stillfried
2283 Obersiebenbrunn
2291 Lassee
2301 Groß-Enzersdorf
2304 Orth an der Donau
2320 Schwechat
2325 Himberg bei Wien
2326 Maria Lanzendorf
2331 Vösendorf
2340 Mödling
2345 Brunn am Gebirge
2351 Wiener Neudorf
2352 Gumpoldskirchen
2361 Laxenburg
2362 Biedermannsdorf
2401 Fischamend
2432 Schwadorf bei Wien
2433 Margarethen am Moos
2440 Gramatneusiedl
2482 Münchendorf
2483 Ebreichsdorf
2500 Baden bei Wien
2511 Pfaffstetten
2604 Theresienfeld
2620 Neunkirchen
2640 Gloggnitz
2641 Schottwien
2650 Payerbach
2700 Wiener Neustadt
2721 Bad Fischau
3002 Purkersdorf
3004 Ried am Riederberg
3013 Tullnerbach-Lawies
3034 Maria Anzbach
3040 Neulengbach
3042 Würmla
3100 St. Pölten
3133 Traismauer
3170 Hainfeld
3240 Mank
3300 Amstetten
3350 Haag
3370 Ybbs an der Donau
3382 Loosdorf
3390 Melk
3400 Klosterneuburg
3423 St. Andre-Wordern
3424 Zeiselmauer
3430 Tulln
3433 Königstetten
3434 Tulbing
3443 Sieghartskirchen
3451 Michelhausen
3452 Heiligeneich
3481 Fels am Wagram
3500 Krems an der Donau
3550 Langenlois
3571 Gars am Kamp

3580 Horn
3701 Großweikersdorf
3702 Niederrußbach
3712 Maissau
3730 Eggenburg
3830 Waidhofen an der Thaya
4020 Linz
4030 Linz
4061 Pasching
4063 Horsching
4300 St. Valentin
4470 Enns
4481 Asten
4482 Ennsdorf
4490 St. Florian bei Linz
4623 Gunskirchen
4800 Attnang-Puchheim
5202 Neumarkt am Wallersee
7000 Eisenstadt
7053 Hornstein
7100 Neusiedl am See
7123 Mönchhof
7131 Halbturn
7210 Mattersburg
7350 Oberpullendorf
7400 Oberwart
7423 Pinkafeld
7442 Lockenhaus
7540 Güssing
7551 Stegersbach
8020 Graz
8051 Graz
8240 Friedberg
8600 Bruck an der Mur
8605 Kapfenberg
8630 Mariazell
8644 Mürzhofen
8665 Langenwang
8680 Mürzzuschlag
8720 Knittelfeld
9220 Velden am Wörther See
9360 Friesach
9400 Wolfsberg

Wienerstraße:
2011 Sierndorf
2013 Göllersdorf
2120 Wolkersdorf im Weinviertel
2122 Ulrichskirchen
2211 Pillichsdorf
2214 Auersthal
2222 Bad Pirawarth
2285 Leopoldsdorf im Marchfelde
2293 Marchegg Stadt
2320 Schwechat
2345 Brunn am Gebirge
2402 Maria Ellend, Donau
2403 Regelsbrunn
2405 Bad Deutsch Altenburg
2410 Hainburg an der Donau
2452 Mannersdorf am Leithagebirge
2511 Pfaffstätten
2514 Traiskirchen
2525 Gunselsdorf
2700 Wiener Neustadt
3250 Wieselburg an der Erlauf
3430 Tulln
3462 Hippersdorf
3481 Fels am Wagram
3494 Gedersdorf
4020 Linz
4053 Haid bei Ansfelden
7013 Klingenbach
7041 Wulkaprodersdorf
7051 Großhoflein
7082 Donnerskirchen
7161 St. Andrä am Zicksee
7423 Pinkafeld
8010 Graz
8230 Hartberg
8605 Kapfenberg
8650 Kindberg
8660 Mürzzuschlag
8820 Neumarkt

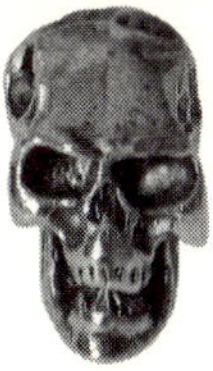

Tod, sprachlich

Einige Wiener Ausdrücke für den Tod:

Brüderlein Fein
Gangerl/Gankerl
Klapperhans
Klapperl
Meister Hammerl
Quiqui
Spirifangerl/Spirifankerl

Für das Sterben verwendet der Wiener auch den uncharmanten Ausdruck „a Bretzn reißn“, was vermutlich mit den (bretzelförmig) gefalteten Händen im Sarg zu tun hat.

Der Wiener is, wo a Hetz is

Kaum hatte Kaiser Joseph II. 1766 den Prater auch für das Volk zugänglich gemacht, entstand auch schon ein dem heutigen nicht unähnlicher Betrieb.

Fürst Khevenhüller vermerkte dazu in seinem Tagebuch:

„Worauf denn sogleich, zumahlen die ersten Sonn- und Feiertäg eine ungemaine Menge Volk sowohl in Equipagen als Fiacres und zu Fuß hinausgekommen, zu dessen mehrerer Ergötzung zugleich auch verstattet wurde, kleine Hütten und Baraques für Limonadiers, Caffee-Sieder, Gastgeber zu Wein- und Bierschank, auch Kegelplätz zu errichten.“

Geheimquartier

Das Hauptquartier von Tom Turbo befindet sich im Tiergarten Schönbrunn, gleich neben den Landschildkröten.

Von Edelsteinen und Planeten

Insbesondere bei neu eröffneten Verkehrsflächen, etwa bei Neubausiedlungen, werden immer wieder gerne die Plätze und Straßen ganzer Viertel nach zusammengehörenden Begriffen benannt.

So gibt es in Wien unter anderem ein

- Blumenviertel (Siedlung Wulzendorf)
- Edelsteinviertel (seit 1953)
- Flussviertel (Nordrandsiedlung)
- Fußballerviertel (um die Ocwirkgasse, seit 1993)
- Geisteswissenschaftlerviertel (Großfeldsiedlung)
- Literatenviertel (am Schafberg)
- Nibelungenviertel (seit 1912)
- Norwegerviertel (seit 1994)
- Pflanzenviertel (Hirschstetten)
- Physikerviertel (Jedlesee)
- Planetenviertel (Siedlung Wolfersberg, seit 1923)
- Revolutionsviertel (um den Achtundvierzigerplatz, seit 1929)
- Schwedenviertel (Per-Albin-Hansson-Siedlung)
- Tier- und Pflanzen-Viertel (Kordon-Siedlung)
- Widerstandsviertel (Alfred-Huth-Gasse, Rudolf-Raschke-Gasse etc.)

Wer klopfet an?

Als Zita, die letzte Kaiserin Österreichs, am 1. April 1989 in Wien beigesetzt wurde, erhielt sie erst nach der überlieferten „Einlasszeremonie" Zutritt zur Kapuzinergruft. Der Trauerzug hielt vor der verschlossenen Tür der Gruft an. Es wurde an die Tür geklopft. Darauf fragte die Stimme des Paters Guardian von drinnen: „Wer begehrt Einlass?" Dem Zeremoniell gemäß ertönte die Antwort mit der Nennung sämtlicher Titel der Verstorbenen: „Zita, Kaiserin von Österreich, Königin von Ungarn, von Böhmen, von Dalmatien, Kroatien, Slavonien, Galizien, Lodomerien, Illyrien …" Darauf erklang die Antwort: „Die kenne ich nicht." Daraufhin klopfte der Herold ein zweites Mal. Wieder fragte eine Stimme: „Wer begehrt Einlass?" Diesmal antwortete der Herold mit dem kleinen Titel. Wieder lautete die Antwort: „Die kenne ich nicht." Nun klopfte der Herold ein drittes Mal. Darauf wieder die Stimme von drinnen: „Wer begehrt Einlass?" Nun antwortete der Herold: „Zita, eine arme Sünderin, deren Sünden so zahlreich sind wie die Sterne am Himmel, eine rechtgläubige Tochter der katholischen Kirche." Hierauf erklangen die Worte „Sie soll eintreten" und das Tor öffnete sich.
Das Herz Zitas wird im Kloster Muri in der Schweiz aufbewahrt.

Mexikoplatz

Der Mexikoplatz erhielt seinen Namen, weil Mexiko das einzige Land der Welt war, das 1938 gegen den Einmarsch Deutschlands in Österreich protestierte.

Prix Vienne

Von 1982 bis 1995 wurde der „Prix Vienne", der größte Comic-Publikumspreis des deutschsprachigen Raumes, durch die Leser der Fachzeitschrift „Comic Forum" (1979–1995, Wien, Hrsg. W. Alber), der damals größten Publikation dieser Art im deutschen Sprachraum, in meist vier Kategorien jeweils für die besten Leistungen des Vorjahrs vergeben. Anfangs bestand der Preis nur aus einer Urkunde, die in späteren Jahren durch einen soliden 4-kg-Ziegel der Firma Wienerberger mit darauf befestigter, geprägter Plakette ergänzt wurde. Der Ziegelstein stellte eine Referenz an die wohl bedeutendste Comic-Serie der Frühzeit des Mediums, „Krazy Kat" (1913–1944) von George Herriman (1880–1944), dar, in der geworfene Ziegelsteine eine große Rolle spielten.

Die Preisträger waren:

PRIX VIENNE 1981

Comicalben:	Reisende im Wind (Francois Bourgeon), Carlsen
Comic-Bücher:	Spirit (Will Eisner), Carlsen
Zeichner und Autoren:	Jean Giraud/Moebius

PRIX VIENNE 1982

Comicalben:	Reisende im Wind (Francois Bourgeon), Carlsen
Comic-Bücher:	Corto Maltese (Hugo Pratt), Carlsen
Zeichner:	Jean Giraud/Moebius
Autor:	Pierre Christin

PRIX VIENNE 1983

Comicalben:	Reisende im Wind (Francois Bourgeon), Carlsen
Comic-Bücher:	Signale aus einer anderen Welt (Will Eisner), Carlsen
Zeichner:	Jean Giraud/Moebius
Autor:	Jean-Michel Charlier

PRIX VIENNE 1984

Comicalben: Reisende im Wind (Francois Bourgeon), Carlsen
Comic-Bücher: Giuseppe Bergman (Milo Manara), Schreiber & Leser
Zeichner: Jean Giraud/Moebius
Autor: Greg

PRIX VIENNE 1985

Comicalben: Corto Maltese (Hugo Pratt), Carlsen
Comic-Bücher: Treibjagd (Z: Enki Bilal, T: Pierre Christin), Carlsen
Zeichner: Jean Giraud/Moebius
Autor: Pierre Christin

PRIX VIENNE 1986

Comicalben: Spirou und Fantasio (Andre Franquin), Carlsen
Comic-Bücher: Ein indianischer Sommer (Z: Milo Manara, T: Hugo Pratt), Carlsen
Zeichner: Hermann
Autor: Pierre Christin

PRIX VIENNE 1987

Comicalben: Die Türme von Bos-Maury (Hermann), Carlsen
Comic-Bücher: Auf der Suche nach Peter Pan (Cosey), Carlsen
Zeichner: Hermann
Autor: Pierre Christin

PRIX VIENNE 1988

Comicalben: Die Türme von Bos-Maury (Hermann), Carlsen
Comic-Bücher: Nestor Burma – 120, Rue de la Gare (Jacques Tardi), Edition Moderne
Zeichner: Hermann
Autor: Herrman

PRIX VIENNE 1989

Comicalben: Watchmen (Z: Dave Gibbons, T: Alan Moore), Carlsen
Comic-Bücher: Batman – Der dunkle Ritter kehrt zurück (Frank Miller), Carlsen
Zeichner: Hermann
Autor: Alan Moore

PRIX VIENNE 1990

Comicalben:	V wie Vendetta (Z: David Lloyd, T: Alan Moore), Carlsen
Comic-Bücher:	Die Wildkatze (Didier Comes), Edition Moderne
Zeichner:	Hermann
Autor:	Alan Moore

PRIX VIENNE 1991

Comicalben:	Peter Pan (Regis Loisel), Ehapa/Feest
Comic-Bücher:	Teufelsmaul (Z: Francois Boucq, T: Jerome Charyn), Edition Kunst der Comics
Zeichner:	Hermann
Autor:	Alan Moore

PRIX VIENNE 1992

Comicalben:	Barks-Library (Carl Barks), Ehapa/Feest
Comic-Bücher:	Maus II (Art Spiegelman), Rowohlt
Zeichner:	Jean Giraud/Moebius und Hermann (ex aequo)
Autor:	Neil Gaiman

PRIX VIENNE 1993

Comicalben:	Kreidestriche (Miguelanxo Prado), Ehapa/Feest
Comic-Bücher:	Unsichtbare Menschen (Will Eisner), Ehapa/Feest
Zeichner:	Miguelanxo Prado
Autor:	Will Eisner

PRIX VIENNE 1994

Comicalben:	Barks-Library (Carl Barks), Ehapa/Feest
Comic-Bücher:	Bone (Jeff Smith), Carlsen
Zeichner:	Dave McKean
Autor:	Neil Gaiman

Auszug aus dem Stadtrecht Herzog Leopolds VI. für Wien

Gegeben zu Wien am 18. October im Jahr des Herrn 1221

MORD, TOTSCHLAG UND KÖRPERVERLETZUNG

(...) Wir bestimmen also, dass ein Bürger, welcher innerhalb der Stadtmauern und des Grabens einen Besitz im Werte von 50 Talenten (Pfund Pfennige) sein Eigen nennt, wenn er jemanden „tödtet", für

sich keines Bürgen bedürfe, sondern vom Stadtrichter dreimal oder ein für allemal endgültig vorgeladen werde. Wenn der Vorgeladene kommt und sich als unschuldig in dieser Klagsache beweisen will, möge er sich nach den Bestimmungen des Stadtfriedens reinigen.
Wenn aber der Mörder geständig ist, den Mord verübt zu haben, indem er Gewalt mit Gewalt zurückwies, d. i. „notswernde" *(in Notwehr),* so möge er dies mit dem glühenden Eisen beweisen. (Beweist er es, so sei er frei vor Kläger und Richter.) Beweist er dies nicht, so soll es ihm freistehen, an diesem Tage und in der nächstfolgenden Nacht, wohin er wolle, zu fliehen, und der Richter möge ihn für geächtet erklären. Wenn er nach dieser Frist ergriffen wird; werde er gerichtet.

Und so bestimmen wir den Stadtfrieden derart, dass die Verteidigung des eigenen Lebens, die „notwer", bei einem Todschlage durch glühendes Eisen bewiesen werde, bei einer Verwundung aber durch Genannte, d. h. durch 20 ehrbare Personen, welche der Richter mit Sorgfalt bestimmen wird.
Wurde aber der Mörder auf frischer Tat ertappt, d. h. „an der hanthaft", mit blutigem Schwerte, und vermag der Richter dieses mit sieben ehrbaren und glaubwürdigen Männern zu beweisen, welche aussagen, er habe diesen Mord nicht begangen, indem er Gewalt durch Gewalt zurückwies, d. h. „unnotwernde", so werde er am Leben gestraft.

Rücksichtlich derjenigen, welche jemanden verwunden, gilt aber Folgendes: Wenn ein Bürger jemandem eine Hand oder einen Fuß abschlägt, oder ein Auge oder die Nase oder irgendein edles Glied, der soll dem Richter 10 Talente und dem Beschädigten ebenso viel geben. Wenn aber der Beschädiger das Geld nicht haben sollte, so soll er nach dem Gesetze gerichtet werden, nämlich Auge um Auge, Hand um Hand und so auch bezüglich der anderen Glieder. Wünscht ein solcher freigesprochen zu werden, so soll er seine Unschuld nach den Bestimmungen des Friedens beweisen.

Wer einen anderen so verwundet, dass dieser das Gebresten an den Gliedern erleidet, welches man „lem" *(Lähmung)* nennt, der soll dem Richter fünf Talente und dem Verwundeten fünf Talente geben oder auf dieselbe Weise gestraft werden.

Weiter: Wer einem anderen einen Finger abhaut oder ihn so verwundet, dass er an den Gliedmaßen den „lideschaert" *(Verstümmelung)* genannten Schaden erleidet, der soll dem Richter 3 Talente, dem Beschädigten ebenfalls 3 Talente geben. Hat er das Geld nicht, so soll er auf diese Weise gestraft werden oder sich reinigen, wie wir den Stadtfrieden festgesetzt haben. Wenn er eine vornehme Person ist, soll er auch unsere

Gnade erwerben *(d.h. durch eine Buße)*. Hat aber jemand einen anderen bloß so verwundet, dass der Verwundete gesund wird, nämlich bloß mit einer leichten Wunde, der soll dem Richter zwei Talente, dem Verwundeten zwei Talente geben. Hat er das Geld nicht, so soll er kahl geschoren und bis auf das Blut vor dem Richter gepeitscht werden – nicht an dem Platz jedoch, wo die Diebe gepeitscht werden – oder sich lösen, wie der Friede es bestimmt.

BELEIDIGUNG

Wer den andern schimpft: „Du Sohn eins Kebsweibes“, der soll dem Richter 60 Pfennige geben. War der Beschimpfte eine angesehene Person, so zahlt er zwei Talente. Hat er kein Geld, so soll er geschlagen werden aufs Blut, jedoch nicht dort, wo die Diebe gepeitscht werden. War aber der Beschimpfte eine hoch gestellte und vornehme Person, so wollen wir, dass er auch unserem Gerichte sich stelle.

FALSCHES ZEUGNIS

Wird einer durch sieben ehrbare und glaubwürdige Männer überführt, ein falsches Zeugnis abgelegt zu haben, so soll ihm die Zunge abgeschnitten werden oder er löse sich dieselbe mit 10 Talenten und ersetze dem durch seine falsche Aussage Beschädigten den Schaden.

GOTTESLÄSTERUNG

Wer Gott den Herrn und seine Heiligen lästert, dem soll die Zunge abgeschnitten werden und um keinen Preis dieselbe zu lösen erlaubt sein.

Brötchen-Hitliste

Die Trześniewski-Brötchen in der Reihenfolge ihrer Beliebtheit:

1. Speck mit Ei
2. Matjeshering mit Zwiebel
3. Geflügelleber
4. Ei mit Ei
5. Gervais mit Räucherlachs
6. Thunfisch mit Ei
7. Matjeshering ohne Zwiebel
8. Schwedischer Hering
9. Champignon
10. Krabbe mit Ei
11. Salami
12. Pfefferoni
13. Gervais mit Zwiebel
14. Gurke mit Ei
15. Gervais mit Karotte
16. Lachsersatz
17. Paprika
18. Sardinen mit Zwiebel
19. Tomaten
20. Zwiebel mit Ei
21. Pikantes Ei

Folgerichtig heißt die Homepage der Firma auch www.speckmitei.at.

Ein perfektes System

Die seit 1907 geltende Neuordnung der Wiener Straßenbahnlinien unterscheidet zwischen *Rundlinien, Radiallinien* und *Durchgangslinien.* Diese Unterscheidung findet sich in den Nummern der Straßenbahnen.

Rundlinien (Tangentiallinien) – Straßenbahnlinien 1 bis 20
(kreisförmiger Verlauf im Bezug auf die Innenstadt, z. B. 18 am Gürtel)

Radiallinien – Straßenbahnlinien 21 bis 82
(von der Innenstadt Richtung stadtaus- oder stadteinwärts)

Die Nummerierung erfolgt aufsteigend gegen den Uhrzeigersinn, die Grenze bzw. der Beginn ist die „Direktionslinie“ (Achse Ausstellungsstraße–Praterstraße). Daher hat der 9. Bezirk Linien, die mit 3 beginnen, der 3. solche mit 7.

Auch die Busse folgen diesem System, mit der Zugabe A (13A) bei städtischen und B bei privaten, im Netz integrierten Bussen.

Ein Besonderheit ist die Tatsache, dass auch die Wiener (sechsstelligen) Telefonnummern vor den letzten Umstellungen und Erweiterungen bzw. vor der Möglichkeit der Rufnummernmitnahme, diesem System weitgehend folgten: Wer eine Straßenbahn mit Nummern wie 54 oder 46 vor der Haustür hatte, konnte sicher sein, dass auch seine Telefonnummer mit diesen Ziffern begann!

Durchgangslinien – Buchstabengruppe A bis Z
Durchgangslinien stellen die Verbindung zwischen einer Rundlinie und einer oder zwei Radiallinien her. Vereinfacht: Sie durchlaufen mehrere Gebiete bzw. sind nicht eindeutig einer der beiden anderen Varianten zuzuordnen. Auch hier beginnt die Nummerierung in aufsteigender Reihenfolge gegen den Uhrzeigersinn bei der Direktionslinie.

Es gab aber auch immer wieder Sonderfälle wie den Zusatz K für Linien, die über den Kai/Donaukanal, und R für Linien, die über den Ring fahren (Ak, Bk, 25k), die bekannte „Zweierlinie“ (E2, G2, H2) oder dreistellige Nummern.

Mit der Zeit und dem Ausbau des Streckennetzes entstanden allerdings immer wieder inkonsequente Nummerierungen.

Das Streckennetz vom Winter 1907/08 spiegelt dieses System am besten wider – und entspricht erstaunlich oft noch den heutigen Verhältnissen.

RADIALLINIEN

- 21 Praterstern, Nordbahnhof–Elderschplatz
- 22 Urania–Praterstraße–Praterstern, Nordbahnhof–Reichsbrücke
- 24 Praterstern, Nordbahnhof–Reichsbrücke–Wagramer Straße–Schüttaustraße–Kaisermühlen
- 25 Praterstern, Nordbahnhof–Reichsbrücke–Wagramer Straße–Kagran
- 27 Schottenring–Augartenstraße–Taborstraße–Heinestraße–Praterstern, Nordbahnhof
- 28 Dresdner Straße–Innstraße–Handelskai
- 29 Schwedenplatz–Taborstraße–Am Tabor–Dresdner Straße–Höchstädtplatz
- 33 Schottenring–Augartenstraße–Klosterneuburger Straße–Remise Brigittenau

34 Remise Brigittenau–Klosterneuburger Straße–Gunoldstraße–Barawitzkagasse
35 Börseplatz–Porzellangasse–Franz-Josefs-Bahnhof–Althanstraße
36 Börseplatz–Liechtensteinstraße–Franz-Josefs-Bahnhof–Althanstraße–Liechtenwerder Platz–Heiligenstädter Straße–Nußdorf
37 Schottentor–Währinger Straße–Nußdorfer Straße–Döblinger Hauptstraße–Hohe Warte
38 Schottentor–Währinger Straße–Nußdorfer Straße–Billrothstraße–Grinzinger Allee–Grinzing
39 Schottentor–Währinger Straße–Nußdorfer Straße–Billrothstraße–Sieveringer Straße–Sievering
40 Börseplatz–Liechtensteinstraße–Sechsschimmelgasse–Gürtel – Sternwartestraße–Gymnasiumstraße–Gregor-Mendel-Straße–Linnéplatz
41 Schottentor–Währinger Straße–Gersthof–Pötzleinsdorf
42 Schottentor–Währinger Straße–Gürtel–Michelbeuern–Währing
43 Schottentor–Alser Straße–Jörgerstraße–Hernalser Hauptstraße–Dornbach–Neuwaldegg
44 Schottentor–Alser Straße–Ottakringer Straße–Johann-Nepomuk-Berger-Platz–Hernals, Wattgasse
45 Ring, Stadiongasse–Josefstädter Straße–Neulerchenfelder Straße–Ottakringer Straße–Ottakring, Erdbrustgasse
46 Bellaria–Lerchenfelder Straße–Thaliastraße–Remise Ottakring
47 Remise Ottakring–Flötzersteig nächst Ameisbachzeile
48 Bellaria–Burggasse–Herbststraße–Panikengasse–Johann-Nepomuk-Berger-Platz–Teichgasse
49 Bellaria–Siebensterngasse–Westbahnstraße–Märzstraße–Hütteldorfer Straße–Baumgarten–Linzer Straße–Hütteldorf
50 Burgring–Mariahilfer Straße–Gürtel–Märzstraße–Hütteldorfer Straße–Remise Breitensee
51 Burgring–Mariahilfer Straße–Westbahnhof–Gürtel–Felberstraße–Johnstraße
52 Burgring–Mariahilfer Straße–Johnstraße–Linzer Straße–Baumgarten–Hütteldorf
53 Bellaria–Breite Gasse–Stiftgasse–Mariahilfer Straße–Schloßallee–Hietzing
54 Bellaria–Breite Gasse–Stiftgasse–Mariahilfer Straße–Winckelmannstraße–Schönbrunn, Grünbergstraße
55 Burgring–Mariahilfer Straße–Schloßallee–Hietzing–Lainzer Straße–Remise Speising
56 Burgring–Mariahilfer Straße–Winckelmannstraße–Schönbrunn, Grünbergstraße
57 Burgring–Gumpendorfer Straße–Sechshauser Straße–Hadikgasse–Hietzing

Z Neuer Markt–„Zweierlinie“–Mariahilfer Straße–Winckelmannstraße–Hietzing–Neue Welt (Das Signal Z für diese klassische Radiallinie war falsch und wurde 1911 vom Signal 59 abgelöst.)

61 Neuer Markt–Friedrichstraße–Linke und Rechte Wienzeile–Pilgramgasse–Schönbrunner Straße bzw. Margaretenstraße–Arbeitergasse–Steinbauergasse–Meidling, ÖBB-Bahnhof

62 Meidling, ÖBB-Bahnhof–Breitenfurter Straße–Hetzendorfer Straße/Kernstraße

63 Ring, Oper–Friedrichstraße–Linke und Rechte Wienzeile–Heumühlgasse–Schönbrunner Straße bzw. teilweise Margaretenstraße–Grünbergstraße–Remise

64 Ring, Oper–Wiedner Hauptstraße–Matzleinsdorfer Platz–Gudrunstraße–Remise Favoriten

65 Gudrunstraße–Triester Straße–Troststraße

66 Ring, Oper–Wiedner Hauptstraße–Favoritenstraße–Laxenburger Straße–Troststraße

67 Ring, Oper–Wiedner Hauptstraße–Favoritenstraße–Lehmgasse

68 Ring, Oper–Wiedner Hauptstraße–Favoritenstraße–Gürtel–Südbahnhof

69 Walfischgasse–Schwarzenbergplatz–Prinz-Eugen-Straße–Südbahnhof

70 Weiskirchnerstraße–Ungargasse–Fasangasse–Gürtel–Südbahnhof–Laxenburger Straße–Remise Favoriten

71 Walfischgasse–Rennweg–Simmeringer Hauptstraße–Zentralfriedhof

72 Zentralfriedhof–Simmeringer Hauptstraße–Wiener Straße–Schwechat

74 Ring, Weiskirchnerstraße–Landstraßer Hauptstraße–St. Marx

75 Ring, Weiskirchnerstraße–Landstraßer Hauptstraße–Erdbergstraße–Stadionbrücke

77 Stubenring–Marxergasse–Rotundenbrücke–Friedensgasse

78 Urania–Uraniastraße–Radetzkyplatz–Löwengasse–Rotundenbrücke–Prater, Hauptallee

79 Rotundenbrücke–Friedensgasse

TANGENTIALLINIEN

2 Praterstern, Nordbahnhof–Radetzkyplatz–„Zweierlinie“–Schwarzspanierstraße

3 Südbahnhof–Rainergasse–Margaretenplatz–Pilgramgasse–Neubaugasse–Spitalgasse–Franz-Josefs-Bahnhof–Friedensbrücke–Wallensteinplatz–Nordwestbahnhof

4 Südbahnhof–Fasangasse–Ungargasse–Kundmanngasse bzw. Rasumofskygasse–Rotundenbrücke–Prater, Hauptallee

- 5 Mariahilfer Straße, Westbahnhof–Kaiserstraße–Laudongasse–Spitalgasse–Franz-Josefs-Bahnhof–Friedensbrücke–Wallensteinplatz–Nordwestbahnhof–Am Tabor–Praterstern, Nordbahnhof
- 6 Mariahilfer Straße, Westbahnhof–Wallgasse–Gumpendorfer Straße–Brückengasse–Reinprechtsdorfer Straße–Matzleinsdorfer Platz–Gudrunstraße–Favoritenstraße–Quellenstraße–Gellertplatz
- 7 Gellertplatz–Absberggasse–Geiselbergstraße–Simmering, Grillgasse
- 8 Liechtenwerder Platz–Gürtel–Sechshauser Straße–Ullmannstraße–Meidlinger Hauptstraße–Meidling, Südbahnhof
- 10 Hietzing–Schloßallee–Reinlgasse–Breitenseer Straße–Remise Ottakring

DURCHGANGSLINIEN

- AK Reichsbrücke–Praterstern, Nordbahnhof–Praterstraße–Kai–Ring–Praterstraße–Praterstern, Nordbahnhof–Elderschplatz (nur in dieser Richtung)
- AR Reichsbrücke–Praterstern, Nordbahnhof–Praterstraße–Ring–Kai–Praterstraße–Praterstern, Nordbahnhof–Elderschplatz (nur in dieser Richtung)
- BK Elderschplatz–Praterstern, Nordbahnhof–Praterstraße–Kai–Ring–Praterstraße–Praterstern, Nordbahnhof–Reichsbrücke (nur in dieser Richtung)
- BR Elderschplatz–Praterstern, Nordbahnhof–Praterstraße–Ring–Kai–Praterstraße–Praterstern, Nordbahnhof–Reichsbrücke (nur in dieser Richtung)
- CA Praterstern, Nordbahnhof–Heinestraße–Taborstraße–Augartenstraße–Ring–Schottentor–Alser Straße, Skodagasse
- CT Praterstern, Nordbahnhof–Heinestraße–Taborstraße–Marienbrücke–Kai–Ring–Schottentor–Alser Straße, Skodagasse
- D Südbahnhof–Prinz-Eugen-Straße–Ring–Porzellangasse–Franz-Josefs-Bahnhof–Althanstraße
- EK Gersthof–Währinger Straße–Schottentor–Kai–Ring–Währinger Straße–Gersthof (nur in dieser Richtung)
- ER Gersthof–Währinger Straße–Schottentor–Ring–Kai–Währinger Straße–Gersthof
- F Währing, Kreuzgasse–Michelbeuern–Gürtel–Währinger Straße–Ring–Landstraßer Hauptstraße–St. Marx
- G Hernals, Wattgasse–Johann-Nepomuk-Berger-Platz–Ottakringer Straße–Alser Straße–Ring–Bellaria–Burggasse–Herbststraße–Panikengasse–Johann-Nepomuk-Berger-Platz–Teichgasse

- H Hernals, Wattgasse–Hernalser Hauptstraße–Jörgerstraße–Alser Straße–Ring–Uraniastraße–Radetzkyplatz–Löwengasse–Rotundenbrücke–Prater, Hauptallee
- J Ottakring, Erdbrustgasse–Ottakringer Straße–Neulerchenfelder Straße–Josefstädter Straße–Ring–Landstraßer Hauptstraße–Erdbergstraße–Stadionbrücke
- K Felberstraße nächst Johnstraße–Gürtel–Westbahnhof–Mariahilfer Straße–Ring–Marxergasse–Rotundenbrücke–Friedensgasse
- L Schönbrunn–Winckelmannstraße–Mariahilfer Straße–Ring–Kai–Uraniastraße–Radetzkyplatz–Löwengasse–Rotundenbrücke
- M Hietzing–Schönbrunn–Winckelmannstraße–Mariahilfer Straße–Stiftgasse–Breite Gasse–Bellaria–Ring–Uraniastraße–Radetzkyplatz–Löwengasse–Rotundenbrücke
- N Troststraße–Laxenburger Straße–Favoritenstraße–Wiedner Hauptstraße–Ring–Augartenstraße–Klosterneuburger Straße–Remise Brigittenau
- O Remise Favoriten–Laxenburger Straße–Südbahnhof–Gürtel–Fasangasse–Ungargasse–Weiskirchnerstraße–Ring–Kai–Taborstraße–Am Tabor–Dresdner Straße–Friedrich-Engels-Platz
- P Ottakring, Erdbrustgasse–Ottakringer Straße–Neulerchenfelder Straße–Josefstädter Straße–Ring–Praterstraße–Praterstern, Nordbahnhof–Lagerhausstraße–Rotunde
- R Schönbrunn, Grünbergstraße–Winckelmannstraße–Mariahilfer Straße–Ring–Praterstraße–Praterstern, Nordbahnhof–Volksprater oder Lagerhausstraße–Rotunde
- S Troststraße–Laxenburger Straße–Favoritenstraße–Wiedner Hauptstraße–Ring–Währinger Straße–Nußdorfer Straße–Billrothstraße–Grinzinger Allee–Grinzing
- TK Prater, Hauptallee–Rotundenbrücke–Löwengasse–Radetzkyplatz–Uraniastraße–Kai–Ring–Uraniastraße–Radetzkyplatz–Löwengasse–Rotundenbrücke–Prater, Hauptallee
- TR Prater, Hauptallee–Rotundenbrücke–Löwengasse–Radetzkyplatz–Uraniastraße–Ring–Kai–Uraniastraße–Radetzkyplatz–Löwengasse–Rotundenbrücke–Prater, Hauptallee

(zitiert nach: „Die Wiener Straßenbahnliniensignale“, Wolfgang Auer, adaptiert)

Pekuniäre Besonderheiten

Bis vor nicht allzu langer Zeit wurden folgende Leistungen, die anderswo immer schon umsonst waren, in Wien eingefordert:

Sperrschilling . . . *für das Aufsperren des Haustors nach Sperrschluss*
Aufzug . . . . *vereinzelt sieht man noch Münzautomaten*
Brot als Beilage . . . *immer noch, in den meisten Ländern unbekannt*

Wiens Donald Duck der 30er-Jahre

Ab 1930 erschien in der sozialistischen Tageszeitung „Das Kleine Blatt“ die Comic-Strip-Serie *Tobias Seicherl* von Ladislaus Kmoch – ein in vieler Hinsicht erstaunliches Comic-Fossil der Frühzeit des Mediums. Es handelt sich dabei nämlich um einen täglichen Comic-Strip (vermutlich der erste Kontinentaleuropas), komplett mit Sprechblasen, Geschwindigkeitslinien und Soundworten, wie er in dieser Form auch in den USA erst seit kurzem existierte. Darüber hinaus war der Strip im Wiener Dialekt geschrieben und inhaltlich politisch und antifaschistisch. Diese Kombination macht *Tobias Seicherl* bis heute zum international viel bestaunten Comic-Objekt.

Die Hauptfiguren der Serie waren der Herr Tobias Seicherl (Seicherl = wienerisch für schwachbrüstiger Kerl), ein bourgeoiser Kleinbürger und Inbegriff des Möchtegern-Kapitalisten, also praktisch der personifizierte Klassenfeind der Leserschaft des „Kleinen Blattes“. Seicherls treuer Begleiter war sein Hund Struppi, der die Funktion der Stimme der Vernunft innehatte und meist zynische Kommentare abgab, wenn sein Herrl mit seinen rechtslastigen Ansichten und Aktionen wieder einmal baden ging.

Obwohl Tobias Seicherl ideologisch der Gegner seiner bald treuen Leserschaft war, wurde er rasch zu einer Art Star: Man verkleidete sich im Fasching als Seicherl, sein Konterfei bewarb verschiedene Gegenstände – etwa Streichhölzer – und ein Seicherl-Schneemann gewann einen Schneeskulpturen-Wettbewerb.

Der Zeichner des Strips war der politische Karikaturist Ladislaus Kmoch, der seine Figur auch bald in die normalen politischen Karikaturen hineinschwindelte, als Stimme des konservativen Spießbürgers. Mithilfe der Seicherl-Figur wurden heiße politische Konflikte auch in Strip-Form ausgetragen, was so weit ging, dass sich sogar die politischen Gegner der Sozialisten der Figur bemächtigten, um sie in Gegenstrips auch einmal als Sieger hervorgehen zu lassen.

Doch diese Blütezeit, auf deren Höhepunkt sogar eine geheftete Albenserie mit Seicherl-Nachdrucken erschien (1933 und 1934), dauerte nicht lange. Die herrschenden Kräfte im österreichischen Ständestaat zwangen Kmoch zu zunehmend unpolitischeren Gags, bis der Einmarsch der Hitler-Truppen 1938 auch Tobias Seicherl „gleichschaltete". Künftig erlebte Seicherl mit seinem Hund Struppi unpolitisch lustige Abenteuer auf einer langen Weltreise, bis der Strip mit der Einberufung Kmochs endgültig eingestellt wurde. Nach dem Krieg versuchte Kmoch mit der Figur des „Schleicherls", eines Schleichwarenhändlers, an seinen früheren Erfolg anzuschließen, erreichte aber nie wieder eine derartige Popularität.

Religionen in Wien

Folgende gesetzlich anerkannte Kirchen und Religionsgesellschaften sind in Wien vertreten:

- Altkatholische Kirche Österreichs

- Armenisch-apostolische Kirche in Österreich

- Evangelische Kirche A. und H.B.

Griechisch-orientalische (= Orthodoxe) Kirche:
- Griechisch-orientalische Kirchengemeinde zur Hl. Dreifaltigkeit
- Griechisch-orientalische Kirchengemeinde zum Hl. Georg
- Bulgarisch-orthodoxe Kirchengemeinde zum Hl. Iwan Rilski
- Rumänisch-griechisch-orientalische Kirchengemeinde zur Hl. Auferstehung
- Russisch-orthodoxe Kirchengemeinde zum Hl. Nikolaus
- Serbisch-griechisch-orientalische Kirchengemeinde zum Hl. Sava

- Islamische Glaubensgemeinschaft in Österreich

- Israelitische Religionsgesellschaft

Katholische Kirche:
- Römisch-katholischer Ritus
- Griechisch-katholischer Ritus
- Armenisch-katholischer Ritus

- Kirche Jesu Christi der Heiligen der Letzten Tage (Mormonen) in Österreich
- Koptisch-orthodoxe Kirche in Österreich
- Methodistenkirche in Österreich
- Neuapostolische Kirche in Österreich
- Österreichische Buddhistische Religionsgemeinschaft (ÖBR)
- Syrisch-orthodoxe Kirche in Österreich

Weiter gibt es Vertreter der folgenden staatlich eingetragenen religiösen Bekenntnisgemeinschaften:

- Bahá'i-Religionsgemeinschaft in Österreich
- Bund der Baptistengemeinden in Österreich
- Bund Evangelikaler Gemeinden Österreichs
- Die Christengemeinschaft – Bewegung für religiöse Erneuerung in Österreich
- Freie Christengemeinde/Pfingstgemeinde
- Hinduistische Religionsgesellschaft in Österreich (HRÖ)
- Jehovas Zeugen
- Kirche der Siebenten-Tags-Adventisten
- Mennonitische Freikirche Österreich (MFÖ)
- Pfingstkirche Gemeinde Gottes in Österreich

2001 bekannten sich die Wiener als

römisch-katholisch	49,2 %
ohne Bekenntnis	25,6 %
islamisch	7,8 %
orthodox	6,0 %
evangelisch	4,7 %
jüdisch	0,5 %
altkatholisch	0,5 %
Sonstige beziehungsweise keine Angabe	5,7 %

Pauli-Effekt

Der Wiener Physik-Nobelpreisträger Wolfgang Pauli ist nicht nur für seine Arbeit bekannt, sondern auch für ein seltsames Phänomen, den so genannten „Pauli-Effekt". Dieser ist gut dokumentiert, mehrfach bestätigt und bestand darin, dass in Anwesenheit von Pauli ausgesprochen oft Experimente misslangen, Apparate versagten oder ohne ersichtlichen Grund zu Bruch gingen. Einige Kollegen verlegten daraufhin ihre Experiment auf Zeiten, an denen Pauli nicht anwesend war, andere – wie der Experimentalphysiker Otto Stern – erteilten ihm sogar Labor-Verbot.
Der Pauli-Effekt wird als Anspielung auf Paulis „Ausschließungsprinzip" auch ironisch das „zweite Paulische Ausschließungsprinzip" genannt und folgendermaßen formuliert: „Es ist unmöglich, dass sich Wolfgang Pauli und ein funktionierendes Gerät im gleichen Raum befinden."
Pauli selber war von dieser von ihm ausgehenden Wirkung überzeugt, und abgesehen vom Kuriositätswert beschäftigen sich auch heute noch esoterisch veranlagte Forscher mit diesem Effekt.
Eine der zahlreichen Anekdoten um Pauli lautet wie folgt: Im Labor von James Franck in Göttingen ging ein wertvoller und empfindlicher Apparateteil zu Bruch – obwohl Pauli nicht anwesend war. Franck berichtete scherzhaft einem Kollegen davon, mit der Anmerkung, dass Pauli wenigstens diesmal unschuldig sei. Der Kollege aber konnte diese Aussage falsifizieren: Zur fraglichen Zeit hatte Pauli nämlich auf der Reise nach Kopenhagen mit dem Zug einen kurzen Aufenthalt in Göttingen gehabt.

Einige Wienerische Ausdrücke mit internationalen Wurzeln

a(n)hiaseln
anmalen, schminken . . . . *hiesel (Rotwelsch) = Schminke*

fesch
elegant . . . . *fashionable (Englisch) = modisch*

(wissen, wo der) Bartel den Most (herholt)
sich auskennen . . . . *bartel/barsel (Rotwelsch) = Brecheisen;*
Most/Moos (Rotwelsch) = Geld

(es hat an) Fadn
es ist kalt . . . . *fadin (Roma/Sinti) = kalt*

Jause, jausnen
Vesper, Brotzeit . . . . *jižní (Slawisch) = südlich*
(Stand der Nachmittagssonne)

mit (an) Karracho
sehr schnell . . . . *carajo (Spanisch) = „Zum Donnerwetter!" derber Fluch (eig. Penis)*

Marie
Geld . . . . *maro (Roma/Sinti) = Brot*

Pintsch
Zeugnisnote Fünf . . . . *pięć (Polnisch) = fünf*

Tram(way)
Straßenbahn . . . . *tramway (Englisch) = Schienenbahn*

Geologisches

Die Lehre vom Deckenbau der Gebirge, auf der auch die Erkenntnisse zu Plattentektonik und Kontinentaltrift fußen, wurde erstmals auf einem Geologenkongress in Wien formuliert.

Einige Zimmer im „Hotel Orient"

Infantin

Nesterl

Rosso Rosso

Sexer

Oriental

1001 Nacht

Kaiser Suite

Mona Lisa

Der erste Beserlpark

Im Zuge der Schleifung der Basteien kam es unter anderem auch zu Neuparzellierungen der Straßen im heutigen Textilviertel (Gonzagagasse-Gegend).
Da auf den Basteien etliche Grünflächen vorhanden gewesen waren, wurde als Ersatz entlang der Uferzone des Franz-Josefs-Kais eine Parkanlage eingerichtet.
Diese wurde von den Wienern bald wegen ihres vorerst noch unansehnlichen Baumbestandes (wie in die Erde gerammte Besen) „Beserlpark" genannt. Dieser Begriff setzte sich in Folge für alle nicht gerade spektakulären Grünanlagen Wiens durch.

U-6-NORD-VERLÄNGERUNG – *bestätigte Strecke:*

- Station Werndlgasse (Tieflage)
- Station Shuttleworthstraße (Tieflage)
- Station Siemensstraße (Tieflage)
- Station Hanreitergasse (Hochlage)
- Station Kummergasse (Hochlage)
- Station Stammersdorf (Hochlage)
- Station Rendezvousberg (Hochlage).

Kenndaten:

Länge . . . . ca. 5,7 km
Stationsanzahl 7
Stationsabstand . . . . durchschnittlich 810 m
Grobkostenschätzung . . . . . . EUR 560 Millionen
Realisierung 2013–2015
(in Abhängigkeit von der
Finanzierungsmöglichkeit)

NORD-VERLÄNGERUNG DER U-2-NORD-VERLÄNGERUNG – *empfohlene Streckenführung:*

- Station An den alten Schanzen (spätere Errichtung)
- Station Hausfeldstraße
- Station Flugfeld

Kenndaten:

Länge . . . . ca. 3,1 km
Stationsanzahl 3
Kosten . . . . ca. EUR 210 Mio.
Fertigstellung 2011
(frühestmöglicher Termin
bei optimalem Planungsablauf
und gesicherter Finanzierung)

U-1-SÜD-VERLÄNGERUNG – *empfohlene Streckenführung:*

- Station Troststraße (Tieflage)
- Station Altes Landgut (Tieflage)
- Station Alaudagasse (Hochlage)
- Station Donauländebahn (Hochlage)
- Station Oberlaaer Straße (Hochlage)
- Station Rothneusiedl (Lage noch nicht festgelegt)

Kenndaten:

Stationsanzahl 6

STRUDELIGES

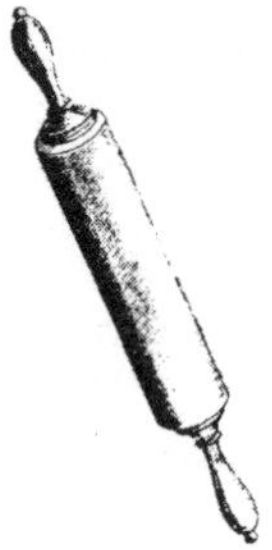

Angeblich muss ein guter Wiener Strudel von 4 Personen zubereitet werden:

- *Von einem Diplomaten, der alles in die Länge zieht*
- *von einem Finanzmann, der großzügig die Zutaten für die Fülle bemisst*
- *von einem Soldaten, der das Feuer unterhält*
- *und von einer Geliebten, die alles versüßt.*

WIENER CREME

Die so genannte Wiener Creme ist international bekannt und geschätzt. Man kennt sie auch unter dem französischen Namen „Creme viennoise" und sie wird in der feinen Küche viel verwendet. Sie besteht aus:

3 dkg Zucker, 1/2 l Milch, 2 Eiern, 4 Dottern, 7 dkg Zucker, 1 Prise Salz, Butter zum Befetten der Form
Garnierung: *Schlagobers, Krokant*

BERUFLICHES

Der auch für Süßes zuständige Beruf des Bäckers teilte sich spätestens im 17. Jahrhundert in spezielle Zünfte, wie

- Lebzelter
- Zuckerbäcker
- Schokoladenhersteller
- Marzipanhersteller
- Kuchenbäcker und
- Bonbonköche sowie
- Weißbäcker und Schwarzbäcker

KUCHENKRIEG

Um das „richtige" Rezept der 1832 von Franz Sacher zu Ehren von Fürst Metternich erfundenen Sachertorte tobte ein „siebenjähriger Kuchenkrieg". Bei Gerichtsverhandlungen sollte entschieden werden, wer die *Original Wiener Sachertorte* herstellt: das Sacher oder der Demel. Der Unterschied ist folgender: Sacher füllt und bestreicht seine Torte vor dem Glasieren mit Marillenmarmelade, Demel füllt sie nicht, sondern bestreicht sie nur.

Hotel Metropole

1871–1873 wurde (nach Plänen von Ludwig Tischler und Carl Schumann) am Franz-Josefs-Kai ein großer Hotelbau im Stil der italienischen Renaissance errichtet. Das luxuriöse Hotel Metropole wies mit einer Seite zum Morzinplatz. Es hatte 360 Zimmer und war somit eines der größten Wiener Luxushotels.
In der Nazi-Ära wurde es allerdings zum Sitz der Gestapo-Zentrale – und am 15. Jänner 1945 wurde es bei einem Luftangriff zerstört.

Einige Gipfel und markante Punkte des Wiener Kahlengebirges

542 m *Hermannskogel*
516 m *Vogelsangberg*
508 m *Schutzengelberg*
508 m *Kaltbründlberg*
507 m *Rosskopf*
500 m *Hornaus Kogel*
497 m *Hochbruckenberg*
492 m *Latisberg*
(= Cobenzl)
488 m *Franz-Karl-Fernsicht*
484 m *Kahlenberg*
479 m *Brandberg*
477 m *Sofienalpe*
464 m *Heuberg*
450 m *Hohe Wand*
449 m *Jubiläumswarte*
449 m *Greutberg*
448 m *Steinerne Lahn*
435 m *Satzberg*
434 m *Bärenberg*
430 m *Satzberg*
428 m *Eichkogel*
427 m *Leopoldberg*
426 m *Kolbeterberg*
418 m *Neuberg*
415 m *Pfaffenberg*
415 m *Hühnersteig*
407 m *Hirschgstemm*
406 m *Hagenberg*
395 m *Lebereck*
390 m *Schafberg*
389 m *Hochsteineck*
388 m *Galitzinberg*
388 m *Bellevue Höhe*
387 m *Michaelerberg*
382 m *Reisenberg*
(= Cobenzl-Lokal)
377 m *Johannser Kogel*
375 m *Laaber Kaiserzipf*
372 m *Mittlerer Eichberg*
363 m *Wilder Berg*
356 m *Fasslberg*
356 m *Antonshöhe*
354 m *Hüttelberg*
352 m *Nussberg*
345 m *Schenkenberg*
342 m *Kaiserzipf*
336 m *Kleiner Eichberg*
328 m *Kreuzbuhel*
327 m *Kroissberg*
327 m *Kadoltsberg*
326 m *Predigtstuhl*
322 m *Wolfersberg*
321 m *St.-Georgen-Berg*
321 m *Gemeindeberg*
320 m *Falkenberg*
(Transdanubien)
311 m *Mühlberg*
306 m *Hackenberg*
305 m *Kleiner Schafberg*

295 m	*Mitterberg*
295 m	*Burgstall*
291 m	*Meiselberg*
285 m	*Girzenberg*
280 m	*Maurerberg*
277 m	*Trazerberg*
268 m	*Nikolaiberg*
262 m	*Roter Berg*
261 m	*Küniglberg*
258 m	*Rosenhügel*
256 m	*Laaer Berg*
244 m	*Wienerberg*
242 m	*Hungerberg*
238 m	*Gloriette/Schönbrunn*
200 m	*Johannesberg*
185 m	*Rendezvousberg (Transdanubien)*
174 m	*Leberberg*

Kriegslist

Der am Praterstern per Denkmal geehrte Admiral Wilhelm von Tegetthoff erlangte vor allem dadurch Berühmtheit, dass er 1866 in einer der wichtigsten Seeschlachten der österreichischen Marinegeschichte bei Lissa den Sieg davontrug, indem er die zahlen- und bewaffnungsmäßig überlegenen Schiffe der Italiener einfach rammen ließ.

Eine inkomplette Liste von in Wien wirkenden Komponisten

Ludwig van Beethoven
Alban Berg
Johannes Brahms
Anton Bruckner
Friedrich Cerha
Gaetano Donizetti
Nico Dostal
Gottfried von Einem
Hanns Eisler
Johann Joseph Fux
Christoph Willibald Gluck
Friedrich Gulda
Franz Joseph Haydn
Hans Judenkünig
Erich Wolfgang Korngold
Ernst Krenek
Josef Lanner
György Ligeti
Franz Liszt
Gustav Mahler
Karl Millöcker
W. A. Mozart
Antonio Salieri
Franz Schmidt
Arnold Schönberg
Josef Schrammel
Franz Schubert
Kurt Schwertsik
Robert Stolz
Oscar Straus
Eduard Strauß
Johann Strauß
Johann Strauß Vater
Richard Strauß
Franz von Suppé
Richard Wagner
Anton Webern
Hugo Wolf
Carl Zeller
Alexander Zemlinsky
Carl Michael Ziehrer
Otto M. Zykan

Flysch

... ist der Name des im Wiener Teil des Wienerwaldes vorherrschenden Sandsteins.

Klassische Wiener Hinrichtungsstätten und -arten

Vierteilen .... Hoher Markt

Verbrennen .... Weißgerberlände

Ertränken .... Alte Brücke am Tabor

Erhängen .... Spinnerin am Kreuz

Die letzte öffentliche Hinrichtung fand 1868 beim Richtplatz bei der Spinnerin am Kreuz statt, ab1876 nur mehr im „Grauen Haus“.

Apollos Palast

Der Apollo-Palast in Schottenfeld war zur Walzerzeit der größten Tanzsaal Europas. Es gab griechische, maurische und gotische Räume. In einem „von magischen Alabasterlampen wie von dem milden Scheine des nächtlichen Mondes erhellten“ Rosengarten befand sich ein türkischer Pavillon. Die nahe gelegene Lappland-Hütte war von künstlichen Schneeflocken und gläsernen Eiszapfen umgeben. Im Speisesaal befand sich ein mächtiger Fels, inklusive in forellengefüllte Bassins stürzender Bäche. Durch die Korridore ging man auf mit Zierbäumen bepflanztem echtem Rasen, vorbei an indirekt beleuchteten römischen Götterstatuen.

Wien-Überschwemmung

Der gemütlich dahinplätschernde Wienfluss kann innerhalb weniger Stunden zum reißenden Gewässer werden.

Folgende Hochwasserkatastrophen sind bekannt:

1221, 1295, 1405, 1445, 1630, 1670, 1711, 1741,
1768, 1770, 1771, 1774, 1777, 1779, 1783, 1784,
1785, 1819, 1847, 1851, 1853, 1875, 1897, 1899.

Alle Wiener Strassennamen mit Y

Ybbsstraße
Yppengasse
Yppenplatz

Jüdische Hochzeit aus Stein

Auf dem Hohen Markt befindet sich der so genannten Vermählungsbrunnen, ursprünglich um 1706 von J. B. Fischer von Erlach in Holz errichtet und 1729–32 von seinem Sohn Joseph Emanuel in Marmor und Erz neu erbaut. Eigentlich hieß er Josefsbrunnen, da 1702 Leopold I. gelobte, nach erfolgreicher Rückkehr seines Sohnes Joseph aus der Schlacht eine Gedenksäule zu errichten. Er stellt die Vermählung Marias und Josephs im Tempel dar.
Offenbar aus Unkenntnis ließen die Nazis während ihrer siebenjährigen Herrschaft über Wien das Denkmal einer offensichtlich jüdischen Hochzeit stehen: Dabei ist neben Joseph sogar ein Rabbiner dargestellt und das Ganze wird von einem klassischen jüdischen Hochzeitsdach – einer Chupa – überspannt.

Einige Wiener in Hollywood
(Auswahl)

Leon Askin S/R
Vicki Baum A
Richard Arnold Bermann A
Max Fleischer R
Ernest Gold K
Hans Jaray R
Walter Jurmann K
Gina Kaus A
Georg Kreisler K/A
Hedy Lamarr S
Frederick Loewe K
Otto Preminger R
Walter Reisch A
Maria Schell S
Maximilian Schell S/R
Max Steiner K
Josef von Sternberg R
Oscar Straus K
Erich von Stroheim R/S
Helene Thimig-Reinhardt S
Friedrich Torberg A
Edgar G. Ulmer R
Anton Walbrook S
Eric Zeisl K
Fred Zinnemann R

R – Regie
K – Komponist
A – AutorIn
S – SchauspielerIn

Eislaufen im Hafen

Der Eislaufplatz des am 3. Februar 1867 gegründeten Wiener Eislaufvereins befand sich neben dem Hauptzollamt im 3. Bezirk an der Stelle des früheren Hafens des Wiener Neustädter Kanals.

Augfrund der Trassenführung der Stadtbahn musste der Eislaufverein 1900 auf den großen Platz am Heumarkt übersiedeln.

Wien uralt

Eines der ältesten Siedlungsgebiete Wiens ist der Raum von Leopoldau, wo sich eine Siedlungskontinuität von der Jungsteinzeit bis in die Gegenwart nachweisen lässt.

Einige lateinische Inschriften der Wiener Innenstadt

Akademie der Wissenschaften

FRANCISCUS I. MARIA THERESIA AUGG: SCIENTIIS ET ARTIB: RESTITUT: POSUERUNT MDCCLIIII
Die Kaiser Franz I. und Maria Theresia errichteten mich für die erneuerten Wissenschaften und Künste 1754.

Äußeres Burgtor

AUSSENSEITE

FRANCISCVS I. IMPERATOR AUSTRIAE MDCCCXXIV
LAURUM MILITIBVS LAVRO DIGNIS MDCCCCXVI
Franz I., Kaiser von Österreich 1824
den des Lorbeers würdigen Soldaten 1916

INNENSEITE

IVSTITIA REGNORUM FVNDAMENTVM
Die Gerechtigkeit ist das Fundament der Herrschaft.

Bundesministerium für Land- und Forstwirtschaft

SVMMIS IMPERATORIS ET REGIS FRANCISCI JOSEPHI I.
AVSPICIIS ANNO MCMXII AEDIFICATVM
Unter dem höchsten Schutz des Kaisers und Königs Franz Joseph I.
im Jahre 1912 erbaut.

Denkmal Josephs II.

VORDERSEITE

IOSEPHO II AVG.QVI SALUTI. PVBLICAE.
VIXIT NON. DIV. SED. TOTVS.
Für Kaiser Joseph II., der für das öffentliche Wohl lebte,
nicht lange, aber ganz.

RÜCKSEITE

FRANCISCVS ROM. ET. AVST. IMP. EX. FRATRE. NEPOS
ALTERI. PARENTI POSVIT.MDCCCVI.
Franz, römischer Kaiser und Kaiser Österreichs, der Neffe vom
Bruderstamm, errichtete es für seinen zweiten Vater im Jahre 1806.

Hofburg

FRANCISCVS. IOSEPHUS. I.VETVS. PALATII. OPVS.
CAROLO .VI. INCHOATVM A. MARIA. THERESIA. ET.
IOSEPHO. II. CONTINVATVM PERFECIT A.D. MDCCCXCIII
Franz Joseph I. vollendete das alte Bauwerk des Palastes,
begonnen von Karl VI., von Maria Theresia und Joseph II. weitergeführt,
im Jahre des Herren 1893.

Neue Burg

VORDERFRONT (HELDENPLATZ)

FRANCISCVS IOSEPHUS I. NOVI PALATII
ALAM EXSTRUXIT A.D. MCMVIII
Franz Joseph I. errichtete den Flügel des neuen Palastes
1908 im Jahr des Herrn.

RÜCKFRONT (BURGGARTEN)

HIS AEDIBVS ADHAERET CONCORS POPVLORUM AMOR
An diesem Bauwerk haftet die einträchtige Liebe der Völker.

Wiener Nobelpreisträger

Chemie 1925	*Richard Zsigmondy*
Chemie 1938	*Richard Johann Kuhn*
Chemie 1962	*Max Ferdinand Perutz*
Chemie 1998	*Walter Kohn*
Frieden 1911	*Alfred Hermann Fried*
Medizin 1914	*Robert Bárány*
Medizin 1930	*Karl Landsteiner*
Medizin 1973	*Karl Frisch*
Medizin 1973	*Konrad Lorenz*
Physik 1933	*Erwin Schrödinger*
Physik 1945	*Wolfgang Pauli*
Wirtschaft 1974	*Friedrich August von Hayek*

Trotz mehr oder weniger enger Beziehungen zu Wien nicht für die Stadt reklamierbar:

Chemie 1923	*Fritz Pregl (*Laibach)*
Frieden 1905	*Bertha (Felicie Sophie) von Suttner (*Prag)*
Literatur 1981	*Elias Canetti (*Ruse, Bulgaria)*
Literatur 2004	*Elfriede Jelinek (*Mürzzuschlag)*
Medizin 1917	*Julius Wagner (*Wels)*
Medizin 1936	*Otto Loewi (*Frankfurt am Main)*
Physik 1936	*Victor Franz Hess (*Peggau)*

Unsichtbares Hochhaus

Mitten in der Herrengasse steht ein 1932 von Theiß & Jaksch errichtetes Hochhaus. Es ist 50 Meter hoch, hat 16 Geschoße und beherbergt 235 Wohnungen. Der doppelstöckige gläserne Aufbau war früher ein Aussichtscafé.
Das Hochhaus ist weitgehend unbekannt – weil unsichtbar: von praktisch keinem Punkt auf Straßenniveau des 1. Bezirks aus kann man das nach innen versetzte Gebäude sehen.
Wer es dennoch einmal erblicken möchte: Ecke Burggasse/Breite Gasse hat man über den Volksgarten hinweg einen schönen Blick auf das Hochhaus Herrengasse. Einen Teil des Gebäudes kann man auch von der Kirche Am Hof aus (Blickrichtung Naglergasse) sehen.

Fussgängerzonenrätsel

Der mosaikartige Grundriss zwischen Stephansdom und Kärntner Straße stellt die ca. 6 x 10 m messenden Umrisse der frühgotischen unterirdischen „Virgilkapelle“ (13. Jh.) dar, die vor etwa 250 Jahren zugeschüttet wurde, aber komplett erhalten ist und von der U-Bahn-station aus betrachtet und besichtigt werden kann.

Mehr oder weniger alle Städte, Dörfer und Orte auf dem heutigen Wiener Stadtgebiet

Albern
Alsergrund
Alservorstadt
Alt Donau
Alt Wieden
Alterlaa
Althangrund
Altlerchenfeld
Altmannsdorf
Am Spitz
Am Tabor
Am Thury
An der Wien (bei Laimgrube)
An der Wien (bei St. Veit)
Aspern
Atzgersdorf
Augarten
Auhof
Baumgarten
Bernhardstal
Braunhirschen (-grund)
Breitenfeld
Breitenlee
Breitensee
Brigittenau
Brillantengrund
Buchfeld
Chatternburch/ Katerburg
Chlaintzing
Chrainort
Donaufeld
Donaustadt
Dörfel
Dornbach
Drei Häusl
Erdberg
Erlaa
Essling
Fischerdörfchen
Floridsdorf
Fünfhaus
Gaudenzdorf
Gersthof
Grinzing
Grossjedlersdorf
Gumpendorf
Hacking
Hadersdorf
Hainbach
Hameau (Holländerdorf)
Heiligenstadt
Hernals
Hetzendorf
Hietzing
Himmelpfortgrund
Hinterhainbach
Hirschstetten
Hoven
Hundsturm
Hungelbrunn
Hütteldorf
Im Scheff
Im Werd
Inzersdorf
Jägerzeile
Jedlesee
Josefsdorf
Josefstadt

Kagran
Kahlenberg(er D)
-dorf
Kaiser(-)ebersdorf
Kaisermühlen
Kalksburg
Katerburg
Kledering
(Teile d. Ortes)
Koglbrunn
Konradswerd
Krapfenwaldl
Kroatendörfl/
Krowotendörfl
(Name für versch.
„Slums" von Wien)
Krottendorf
Kuchelau
Laimgrube
Lainz
Landstraße
Laurenzergrund
Leopoldau
Leopoldstadt
Lichtental
Lumpazidörfl
Magdalenen-
grund/Ratznstadl
Maragareten
Mariabrunn
Mariahilf
Matzleinsdorf
Mauer
Meinhartsdorf
Michelbeuern
(-grund)
Mühlfeld
Mühlschüttel
Neu Jedlersdorf
Neu Margareten
Neu Steinhof
Neu Wieden
Neu Wien
Neubau
Neudörfl
Neue Wieden
Neuerlaa
Neuessling
Neukagran
Neulerchenfeld
Neustift
(bei Neubau)
Neustift
(Straßenhäuser)
Neustift am Walde
Neuwaldegg
Nikolsdorf
Nottendorf
Nußdorf
Ober Baumgarten
Ober Döbling
Ober Dornbach
Ober Liesing
Ober Meidling
Ober Sievering
Ober St. Veit
Ober Windmühle
Oberlaa
Ottakring
Penzing
Poigen
Pötzleinsdorf
Reindorf
Reinprechtsdorf
Rennweg
Ringelsee
Rodaun
Roßau
Rot(t)enhof
Rothneusiedl
Rudolfsheim
Rustendorf
Salmannsdorf
Schafflerhof
Schaumburgergrund
Schiffmühlen
Schleifmühl
Schottenfeld
Schwechat
(Teile d. Ortes)
Sechshaus
Siebenhirten
Siechenals
Simmering
Speising
Spittelau
Spittelberg
Sporkenbühel
St. Marx
St. Nikolai/
St. Niklas
St. Ulrich
Stadlau
Stammersdorf
Strebersdorf
Strozzigrund
Süßenbrunn
Theobaldsgrund
Tunaugemaind
Unter Baumgarten
Unter Döbling
Unter Liesing
Unter Meidling
Unter Sievering
Unter St. Veit
Unter Windmühle
Unterlaa
Venedigerau
Währing
Weidling(au)
Weinhaus
Weißgerber
Wienfurt
Wildendorf
Wilhelmsdorf
Willendorf
Windmühle
Wollzeile
Zeismannsbrunn
Zwischen
den Wegen
Zwischenbrücken

Buddhistischer Friedhof

Am 21. September 2003 wurde auf dem Wiener Zentralfriedhof ein Areal für einen buddhistischen Friedhof eröffnet und vom tibetischen Meditationsmeister Lama Sönam Jorfel Rinpoche eingesegnet. Zuvor musste er aber die lokalen Erdgeister, die „Herren der Erde", mit Opferkuchen befrieden, den Grund weihen und Gebete für die Minderung menschlichen Leidens sprechen.

Das Areal befindet sich nahe des zweiten Tores bei der Dr.-Karl-Lueger-Kirche und wird im Zentrum von einer Stupa gekennzeichnet.

Napoleons Wiener Sohn

Napoleon Franz Karl Herzog von Reichstadt, Sohn von Napoleon I. und der Erzherzogin Marie Louise, wurde am 20. März 1811 geboren und erhielt schon kurz danach den Titel „König von Rom". Nach dem Sturz Napoleons kehrten er und seine Mutter zurück nach Wien, wo er am 22. Juli 1832 im Schloss Schönbrunn an einem Lungenleiden starb.

Wien – GPS-Koordinaten und Geodaten

Länge .... 16.3667 / 16° 22' 0"
Breite .... 48.2 / 48° 12' 0"

Nazi-Abkürzung

Der Stadtteil Eßling wurde ca. 1250/60 erstmals urkundlich erwähnt („Ezzelaren") und hieß seit dem 19. Jh. „Esslingen".

Der Name wurde erst 1938 vom NS-Regime auf „Eßling" gekürzt – um eine Verwechslung mit Eßlingen am Neckar zu vermeiden.

Twin Cities

Bratislava und Wien sind seit der Gründung der Slowakei mit 60 km Abstand die nächstgelegen Hauptstädte der Welt. Die alte Straßenbahnlinie zwischen den beiden Städten verkehrt jedoch leider nicht mehr.

Einige Hofämter

Landesherold
Oberhofmeister
Obersterblandfalkenmeister
Obersterblandhofmeister
Obersterblandjägermeister
Obersterblandkämmerer
Obersterblandkuchelmeister
Obersterblandmeister
Obersterblandmundschenk
Obersterblandmünzmeister
Obersterblandpostmeister
Obersterblandschildträger
Obersterblandsilberkämmerer
Obersterblandstabelmeister
Obersterblandtruchseß
Obersterblandtürhüter
Obersterblandvorschneider
Oberzeremonienmeister

Missverständnis

Die „(Österreichische) Kronen Zeitung“ erschien erstmals am 2. Jänner 1900 und erhielt ihren Namen davon, dass ein Abonnement pro Monat eine Krone kostete (d. h. etwa 4 Heller pro Tag, ca. der Preis einer Semmel), und nicht als kaiserliche Referenz.

Simple Bestellung

Folgende Bestellung am Würstelstand wird allgemein verstanden:

„A Eitrige mit an Buckel, an Krokodüh und a Sechzehnerblech."

Der Kunde erhält: Eine Käsekrainer mit Brot-Scherzel (Endstück), einen scharfen Pfefferoni und eine Dose (Ottakringer-)Bier.

LEGENDE:

Eitrige .... *eine Käsekrainer ist eine mit Käse gefüllte heiße Wurst, beim Anstechen rinnt der Käse*
Buckel .... *optischer Eindruck eines Brotendstücks*
Krokodüh .... *optischer Eindruck eines (scharfen) Pfefferoni – „grün und beißt"*
Sechzehnerblech .... *Ottakring (mit seiner großen Brauerei) ist der 16. Wiener Gemeindebezirk*

Der Ratzenstadl

Zwischen Gumpendorf und Laimgrube lag am Wienfluss eine der kleinsten Vorstädte Wiens, der „Magdalenengrund". Bis gegen Ende des 17. Jahrhunderts hieß das Gebiet „Im Saugraben an der Wien auf der Gstätten". Der Magdalenengrund zeichnete sich durch besonders kleine, kurze, enge, winkelige und finstere Gässchen aus. Wohl deswegen, aber vermutlich auch wegen seiner Bewohner und der hier gehäuft vorkommenden Ratten wurde die Gegend bald „Ratzenstadl" genannt.

Wien, durchwandert

Die folgenden europäischen Fernwanderwege führen auch durch Wien:

E4
Pyrenäen–Jura–Neusiedler See–Budapest–Griechenland
10.450 km

Strecke:
Montserrat–Puigcerda–Carcassonne–Cevennen–Grenoble–Französischer und Schweizer Jura–Dielsdorf bei Zürich–Konstanz–Bregenz am Bodensee–österr. Weitwanderweg 04 (Voralpenweg) über Salzburg nach Wien–Weitwanderweg 07 (ostösterr. Grenzlandweg) über Hain-

burg nach Rust–Landsee–Rattersdorf–Balaton–Bakony–Budapest–Ártánd–Sofia–Florina–Olymp–Delphi–Peloponnes–Kreta–Kato Zakros

Länder:
Spanien, Frankreich, Schweiz, Österreich, Ungarn, Bulgarien, Griechenland

E8
Nordsee–Rhein–Main–Donau–Karpaten
4390 km

Strecke:
Cork–Rotterdam–Amsterdam–Aachen–Koblenz–Worms–Rothenburg ob der Tauber–Eichstätt–Regensburg–Passau–Kefermarkt–Nebelstein–Ostösterreichischer Grenzlandweg 07 nach Wien und Hainburg–Bratislava–Borovetz–Rhodopengebirge–Mezek bei Svilengrad (Türkische Grenze)

Länder:
Großbritannien, Holland, Deutschland, Österreich, Slowakei, Bulgarien

Folgende österreichischen Weitwanderwege führen auch durch Wien:

06
„Mariazellerwege"
ca. 1100 km

Das Mariazeller Wallfahrerwegesystem 06 wurde 1980 eröffnet.

Strecke:
Wien, Niederösterreich, Oberösterreich, Burgenland, Steiermark und Kärnten

Es stellt auch eine Verbindung der Landeshauptstädte Wien, St. Pölten, Linz, Eisenstadt, Klagenfurt und Graz dar.

04
„Voralpenweg"
ca. 1000 km

Der voralpine Weitwanderweg 04 wurde 1978 eröffnet.

Strecke:
Wien, Niederösterreich, Oberösterreich und Salzburg; er reicht von Wien bis Bad Reichenhall.

Schönheit im 14. Jahrhundert

Bei höfischen Festen im Wien des 14. Jahrhunderts wurde von den Frauen erwartet, Pracht und Herrlichkeit auszustrahlen. Sie schmückten sich daher mit Perlen, Borten und Spangen, mit Kronen, Baretten und Kränzen und führten dann mit den Gästen allerlei Tänze auf.

Eine schöne Frau war damals eine…

… die einen Fuß mit hohlgebogenem Rist besaß,
so dass sich unter ihm ein Zeisig verbergen konnte
… die einen mäßig langen, zarten und schlanken Körper
… weiße Hände mit langen Fingern
… einen runden, blendend weißen Hals und Nacken
… im Kinn ein Grübchen
… purpurrote Lippen
… elfenbeinweiße Zähne
… Wangen, mit einem zarten Kampf zwischen Weiß und Rot
… eine kurze, wenig gebogene Nase
… braune Falkenaugen und
… goldenes, gelocktes Haar hatte, worin ein Band von Gold
mit Edelsteinen und Perlen gewunden war.

Fiaker kann ned a jeder wer'n …

Verordnung der Wiener Landesregierung betreffend
die Eignungsvoraussetzungen für die im Fiaker- und
Pferdemietwagen-Fahrdienst tätigen Personen
(Fiaker- und Pferdemietwagen-Fahrdienstprüfungsverordnung 2001)
26. 9. 2001 LGBl. 2001/70

(Auszug)

Auf Grund des § 9 Abs. 4 Z 4 des Wiener Fiaker- und Pferdemietwagengesetzes, LGBl. für Wien Nr. 57/2000, wird verordnet:

Fahrdiensteignung

§ 1. (1) Im Fiaker- und Pferdemietwagen-Fahrdienst dürfen nur solche Personen verwendet werden, die für diese Tätigkeit gemäß Abs. 2 geeignet sind. Nicht geeigneten Personen ist jede Tätigkeit im Fiaker- und Pferdemietwagen-Fahrdienst untersagt.
(2) Geeignet für den Fiaker- und Pferdemietwagen-Fahrdienst ist, wer die persönlichen Voraussetzungen gemäß § 2 erfüllt und die fachliche Befähigung gemäß § 3 nachweist.

Persönliche Voraussetzungen

§ 2. (1) Die persönlichen Voraussetzungen sind die
1. Eigenberechtigung,
2. geistige und körperliche Eignung für das sichere Lenken von Fuhrwerken im Straßenverkehr,
3. Unbescholtenheit hinsichtlich der im § 5 Abs. 3 Z 1 und Z 3 lit. c des Wiener Fiaker- und Pferdemietwagengesetzes genannten strafbaren Handlungen und
4. Verkehrszuverlässigkeit im Sinne des § 7 Führerscheingesetz – FSG, BGBl. I Nr. 120/1997 in der Fassung BGBl. I Nr. 25/2001.
(2) Von der im Abs. 1 Z 3 genannten Voraussetzung sind Personen ausgenommen, die
1. am 31. Oktober 1998 schon mindestens zwei Monate hindurch im Fiaker- oder Pferdemietwagen-Fahrdienst in Verwendung gestanden sind und dies insbesondere durch Bestätigungen eines konzessionierten Fiaker- oder Pferdemietwagenunternehmers und des Sozialversicherungsträgers nachweisen oder
2. in den letzten fünf Jahren nicht wegen einer im § 5 Abs. 3 Z 1 und Z 3 lit. c genannten strafbaren Handlung rechtskräftig verurteilt worden sind.
(3) Jenen Personen, die nicht gemäß Abs. 1 Z 3 unbescholten sind, aber die im Abs. 2 genannten Voraussetzungen erfüllen, ist bei bestandener Prüfung die Eignungsbestätigung gemäß § 9 Abs. 2 befristet auf die

Dauer von zwei Jahren auszustellen. Unter der Voraussetzung eines im Sinne des Abs. 1 Z 3 straffreien Verhaltens während dieses Zeitraumes und bei Vorliegen der sonstigen persönlichen Voraussetzungen ist die Eignungsbestätigung auf fünf Jahre auszustellen. Die Ausstellung der Eignungsbestätigung auf jeweils fünf weitere Jahre hat unter denselben Voraussetzungen zu erfolgen. Die Voraussetzungen für die Ausstellung der Eignungsbestätigung hat der Magistrat auf Antrag zu prüfen und mit Bescheid festzustellen.

Fachliche Befähigung

§ 3. (1) Die fachliche Befähigung der im Fiaker- und Pferdemietwagen-Fahrdienst tätigen Personen ist unbeschadet der Abs. 2 und 3 durch Ablegung einer Fahrdienstprüfung im Umfang des § 8 nachzuweisen.
(2) Folgende Ausbildungs- und Prüfungsnachweise ersetzen die Prüfungsgegenstände des theoretischen Prüfungsteiles gemäß § 8 Abs. 1 Z 1 und 3:
1. Der Befähigungsnachweis gemäß § 6 Abs. 1 des Wiener Fiaker- und Pferdemietwagengesetzes;
2. der erfolgreiche Abschluss einer landwirtschaftlichen Fachschule der Fachrichtung Landwirtschaft und Pferdewirtschaft;
3. erfolgreich abgelegte Prüfungen für Gespannfahren nach den Bestimmungen des Bundesfachverbandes für Reiten und Fahren in Österreich;
4. eine der Fahrdienstprüfung gemäß § 8 vergleichbare Prüfung, die in einem anderen Bundesland oder einem anderen Mitgliedsstaat der Europäischen Union oder in einem Staat, der Vertragspartei des Abkommens über den Europäischen Wirtschaftsraum ist, abgelegt worden ist.
(3) Der Nachweis folgender Voraussetzungen ersetzt die Prüfungsgegenstände des theoretischen Prüfungsteiles gemäß § 8 Abs. 1 Z 2, 3 und 4:
1. Am 1. Jänner 1998 aufrechte und mindestens dreijährige, ununterbrochene Tätigkeit bei einem konzessionierten Wiener Fiaker- oder Pferdemietwagenunternehmen im Fiaker-Fahrdienst oder Pferdemietwagen-Fahrdienst und
2. beanstandungsfreies Verhalten im Fiaker- und Pferdemietwagen-Fahrdienst und
3. sehr gute Dienstbeurteilung durch den Dienstgeber.

Inhalt, Umfang und Ablauf der Fahrdienstprüfung

§ 8. (1) Die Prüfung besteht aus einem theoretischen und aus einem praktischen Prüfungsteil. Prüfungsgegenstände des theoretischen Prüfungsteiles sind

1. die Straßenverkehrsordnung, soweit deren Bestimmungen für das Lenken und die Ausstattung von Fuhrwerken im Straßenverkehr von Bedeutung sind,
2. die Betriebsordnung für Fiaker- und Pferdemietwagenunternehmen und die geltenden Fiaker- und Pferdemietwagentarife,
3. der Umgang mit Pferden und Wagen und zwar die Bereiche Pferdekunde (Umgang, Haltung, Fütterung, Krankheiten und Tierschutz), Wagenkunde und Fahrlehre (nach Maßgabe des Lehrinhaltes für die Pferdesport-Lizenzprüfungen und Sonderprüfungen des Bundesfachverbandes für Reiten und Fahren in Österreich) unter Berücksichtigung der Eigenart der Tätigkeiten im Fiaker- und Pferdemietwagen-Fahrdienst,
4. entsprechende Ortskenntnisse in Wien und
5. Grundkenntnisse über die wichtigsten Sehenswürdigkeiten in Wien, mit Schwerpunkt 1. Wiener Gemeindebezirk.

(2) Die Prüfung ist ausschließlich in deutscher Sprache abzuhalten. Dem Prüfungswerber sind aus jedem Prüfungsgegenstand so viele Fragen zu stellen, dass sich die Kommission ein Urteil über die erforderlichen Kenntnisse bilden kann.

(3) Der praktische Prüfungsteil ist spätestens zwei Wochen nach dem theoretischen Prüfungsteil zu absolvieren. Zum praktischen Prüfungsteil ist nur zuzulassen, wer den theoretischen Prüfungsteil bestanden hat oder gemäß § 3 Abs. 2 nicht absolvieren muss.

(4) Im Rahmen des praktischen Prüfungsteiles sind die Anwendung der Kenntnisse der Straßenverkehrsordnung und der Betriebsordnung für Fiaker- und Pferdemietwagenunternehmen und der Umgang mit Pferden und Gespann zu beurteilen, wobei insbesondere auch das richtige Verhalten im innerstädtischen Verkehr zu prüfen ist.

Entfestigung

Die Entfestigung Wiens begann 1858 bei der Rotenturmbastei. Wien war damit spät dran. Andere Entfestigungen fanden bereits viel früher statt:

Berlin 1734	Graz 1784
Hannover 1763	Klagenfurt, Villach Ende 18. Jh.

Beim Abbruch der Gonzagabastei wurden
„1677 5/6 Cub. Klafter Mauern abgebrochen, 3389 2/3 Cub. Klafter Erdkörper abgetragen und in dem naheliegenden Stadtgraben deponiert. Die Kosten beliefen sich auf 46.288 fl 23 kr., dagegen wurden für den Verkauf des alten Baumaterials 19.397 fl 30 kr. eingenommen."

Amtlich zugewiesene Defiliermärsche der k. u. k. Armee 1894

MARSCH/KOMPONIST/REGIMENT:

Radetzky-Marsch
Johann Strauß Vater
Husarenregiment Nr. 5

Prinz-Eugen-Marsch
Unbekannt/Aus Motiven des Prinz-Eugen-Liedes: A. Leonhardt
Dragonerregiment Nr.13

O du mein Österreich
F. Suppé/Bearbeitung: J. Preis
Militärakademie

Trenck-Pandurenmarsch
Franz Freiherr von Trenck
Inf.-Reg. Nr. 53 „Dankl", vormals Pandurenfreikorps

Alter Defiliermarsch
Unbekannt/Bearbeitung: Komzák
Inf.-Reg. Nr. 2 „Alexander I., Kaiser von Rußland"

Erzherzog-Carl-Marsch
Unbekannt/Bearbeitung: E. Kaiser
Inf.-Reg. Nr. 3 „Erzherzog Carl"

Laudon-Marsch
J. N. Fuchs
Inf.-Reg. Nr. 29
„Freiherr von Laudon"

Pappenheimer Marsch
Michael Haydn
Dragonerregiment Nr. 8

Trautenauer Gefechtsmarsch
J. Preis
Inf.-Reg. Nr. 1 (Bosniak) „Kaiser"

Kronprinz-Rudolf-Marsch
A. Leonhardt
Ulanenregiment Nr. 1

Artilleriemarsch
Unbekannt
Artillerie

Tegetthoff-Marsch
A. Rosenkranz
Kriegsmarine

Erzherzog-Albrecht-Marsch
K. Komzák
Dragonerregiment Nr. 9

Maria-Theresia-Marsch
J. N. Fuchs
Inf.-Reg. Nr. 32 (Honvéd)
„Kaiserin und Königin Maria Theresia"

Wallonenmarsch
Unbekannt/Bearbeitung:
W. Asbóth
Inf.-Reg. Nr. 58
„Erzherzog Ludwig Salvator"

Josias-Coburg-Marsch
Michael Haydn
Inf.-Reg. Nr. 57
„Sachsen-Coburg-Saalfeld"

Teutschmeister Marsch (sic!)
Unbekannt/Bearbeitung:
J. N. Fuchs
Inf.-Reg. Nr. 4
„Hoch- und Deutschmeister"
(d. i. nicht der bekannte „Deutschmeistermarsch" von W. A. Jurek)

Gyulai-Marsch
Unbekannt
Inf.-Reg. Nr. 21 „Graf von Abensberg und Traun"

Lacy-Marsch
G. Sebek
Inf.-Reg. Nr. 22 „Graf von Lacy"

Jellačić-Marsch
Unbekannt
Inf.-Reg. 79 (Otočaner)
„Graf Jellačić"

Daun-Marsch
Unbekannt/Bearbeitung:
J. N. Fuchs
Inf.-Reg. Nr. 56
„Graf Daun“

Schwarzenberg-Marsch
Th. Kaschte
Ulanenregiment Nr. 2

Windisch-Graetz-Marsch
G. Mahrsen
Dragonerregiment Nr. 14

Lothringer Marsch
Louis Ganne
Dragonerregiment Nr. 7

Lymfjord-Marsch
Fr. Scharoch
Inf.-Reg. Nr. 72
„Freiherr von David“

Splényi-Marsch
(auch Defiliermarsch)
Unbekannt
Inf.-Reg. 51 (Honvéd)
„von Boroevic“

Alt-Starhemberg-Marsch
Unbekannt/Bearbeitung:
J. N. Fuchs
Inf.-Reg. Nr. 54
„Alt-Starhemberg“

Custoza-Marsch
L. Stasný
Inf.-Reg. Nr. 7
„Graf von Khevenhüller“

Reisinger-Marsch
Unbekannt
Inf.-Reg. Nr. 18
„Erzherzog Leopold Salvator“

Wagram-Marsch
(auch 42. Regimentsmarsch)
J. Wiedemann
Inf.-Reg. Nr. 42 „Ernst August, Herzog von Cumberland“

Friedländer Marsch
Unbekannt/Bearbeitung:
J. Pietschmann
Inf.-Reg. Nr. 11 „Johann Georg, Prinz von Sachsen“

Monte-Croce-Marsch
Fr. Grimm
Inf.-Reg. Nr. 5
„Freiherr von Klobučar“

Philippović-Marsch
Fr. Schmidt
Inf.-Reg. Nr. 36
„Reichsgraf Browne“

Gablenz-Marsch
C. F. Stenzl
Inf.-Reg. Nr. 27
„Albert I., König der Belgier“

Jovanović-Marsch
K. Sebor
Inf.-Reg. Nr. 43 „Rupprecht, Kronprinz von Bayern“

Sommacampagna-Marsch
A. Tischler
Inf.-Reg. Nr. 47
„Graf von Beck-Rzikowsky“

Nassau-Marsch
Fr. Scheibelreiter
Inf.-Reg. Nr. 15
„Freiherr von Georgi“

Szlankamen-Marsch
L. Schlögel
Inf.-Reg. Nr. 23 (Honvéd)
„Markgraf von Baden“

Strauch-Marsch
Unbekannt/Bearbeitung: E. Kaiser
Inf.-Reg. Nr. 24
„Ritter von Kummer“

Oliosi-Marsch
Fr. Lehár sen.
Inf.-Reg. Nr. 50 „Friedrich, Großherzog von Baden“

Nomen est omen

Leo
Als „Leo“ bezeichnet man in Wien einen neutralen Ort beim Fangen- und anderen Kinderspielen, an dem man sicher ist. Auch dieses Wort ist eine Metapher und stammt aus der Zeit des Babenbergers Leopold des Glorreichen, der mehreren Klöstern ein Asylrecht zugestand. Das heißt, dass ein Verbrecher, der es dorthin schaffte, nicht verhaftet werden durfte. Auch im Stephansdom (beim Adlertor) gibt es noch heute den dazugehörigen „Lepoltring“.

Liesl
„Die Liesl“ ist eine Bezeichnung für das Polizeipräsidium und geht auf die damalige Adresse des Polizei-Gefangenenhauses zurück: Elisabethpromenade.

Karl, Koal
„Koal“ als Bezeichnung für Spaß, Vergnügen stammt ursprünglich vom Wiener Carltheater, wo zumeist Lustspiele gegeben wurden.

Kasper(l)(e)
Im 18. Jahrhundert gab in Wien ein Schauspieler namens La Roche seiner lustigen Bühnenfigur den Namen „Kaspar“.
Mittlerweile bezeichnet man im ganzen deutschsprachigen Raum einen lustigen Menschen, einen Possenreißer, aber auch den Helden der Handpuppentheater als Kas(ch)perl.

Blech

Gegen Ende des 19. Jahrhunderts lebten und arbeiteten viele aus Tschechien stammende Arbeiter in Wien. Die „Ziegelbehm“ sind die Vorfahren keines geringen Teils der heutigen Wiener Bevölkerung und mussten teilweise unter sklavenartigen Bedingungen vor allem bei der Wienerberger Ziegelfabrik arbeiten.

Victor Adler notierte dazu am 1. Dezember 1888 in der *Gleichheit:*

„Die Wienerberger Ziegel-Fabriks- und Bau-Gesellschaft zahlt ihren Aktionären recht fette Dividenden. Ihre Aktien haben im letzten Jahre nicht weniger als 11,7 Perzent getragen … Hören wir, wie die Arbeiter dieser reichen Aktien-Gesellschaft leben.
Nun denn, diese armen Ziegelarbeiter sind die ärmsten Sklaven, welche die Sonne bescheint. Die blutige Ausbeutung dieser elendesten aller

Proletarier wird durch das verbrecherische, vom Gesetz ausdrücklich verbotene Trucksystem in unbedingte Abhängigkeit verwandelt … Der Arbeitslohn beträgt im Sommer 6–7 fl. wöchentlich; im Winter sinkt er bis 4 fl. 20 kr.
Aber wenn dieser elende Hungerlohn auch nur wirklich ausbezahlt würde! Diese armen Teufel sehen aber monatelang kein ‚gutes Geld'. Zwei- bis dreimal täglich erfolgt die Auszahlung in ‚Blech'; ohne daß auch nur gefragt wird, ob der Arbeiter es will und braucht. Wer kein Blech nimmt, wird sofort entlassen. Dieses ‚Blech' wird nur in den einzelnen Partien zugewiesenen Kantinen angenommen … Die Preise in diesen Kantinen sind bedeutend höher als in dem Orte Inzersdorf. Ein Brot, das in Inzersdorf 4 kr. kostet, muß der Ziegelarbeiter mit 6 kr. Blech bezahlen. Ebenso sind Bier, Schnaps, Speck, Wurst und Zigarren in der Kantine entsprechend theurer, die Qualität der Nahrung ist natürlich die denkbar elendeste. Im Gefühle seiner Macht sagte ein Wirt einem Arbeiter, der sich beklagte: ‚Und wenn ich in die Schüssel sch … müßt ihr's auch fressen.'"

Ordensgemeinschaften in der Erzdiözese Wien

- Arme Schulschwestern Unserer Lieben Frau
- Augustiner
- Augustiner-Chorherren (Stift Klosterneuburg)
- Barmherzige Brüder
- Barmherzige Schwestern vom heiligen Kreuz (Kreuzschwestern)
- Barmherzige Schwestern vom hl. Karl Borromäus (Borromäerinnen)
- Benediktiner (Schottenabtei)
- Brüder der Christlichen Schulen (Schulbrüder)
- Caritas Socialis
- Carmelitinnen vom göttlichen Herzen Jesu
- Dienerinnen des Heiligen Geistes
- Dominikanerinnen
- Franziskanerinnen Missionarinnen Mariens
- Herz-Jesu-Priester
- Jesuiten
- Kalasantiner
- Kamillianer
- Kapuziner
- Klarissen
- Kongregation der Helferinnen

- Lazaristen
- Legionäre Christi
- Marianisten
- Oblaten des hl. Franz von Sales
- Oblatinnen des hl. Franz von Sales
- Orden vom Heiligen Kreuz (Kreuzherren)
- Piaristen
- Redemptoristen
- Salesianer Don Boscos
- Schulschwestern vom III. Orden des hl. Franziskus
- Schwestern vom Göttlichen Erlöser
- Schwestern vom göttlichen Heiland (Salvatorianerinnen)
- Schwestern vom Heiligen Herzen Jesu (Sacré Coeur)
- Schwestern von der Schmerzhaften Mutter
- Steyler Missionare
- Töchter der göttlichen Liebe
- Zisterzienser (Stift Heiligenkreuz)

Der gekaperte Fluss

Die Donau hat eine Gesamtlänge von 2888 km. 351 km der Strecke oder knapp 12 % davon liegen in Österreich. Neben Wien durchfließt sie auch Budapest und Belgrad und kommt recht knapp an Bukarest und Sofia vorbei. Dennoch hat es Österreich bis heute geschafft, seinen Ruf als *die* Donau-Nation („Land am Strome") sowie Wien seinen Ruf als *die* Donaumetropole zu bewahren.

Donauabschnitte:

Deutschland	687 km
Österreich	351 km
Slowakei	172 km
Ungarn	417 km
Kroatien (nur rechtes Ufer)	138 km
Serbien	587 km
Rumänien	1075 km
Bulgarien (nur rechtes Ufer)	472 km
Moldawien (nur linkes Ufer)	0,6 km
Ukraine (nur linkes Ufer)	54 km

Aliens in Wien 2

Die Science Fiction Gruppe Wien (SFGW) besteht seit 1957 und kann für sich in Anspruch nehmen, die älteste permanent bestehende Gruppe von SF-Fans im deutschsprachigen Raum zu sein.

Mörtels Gäste

Die offiziellen Opernballgäste von Richard Lugner:

1992	*Harry Belafonte*
1993	*Joan Collins*
1994	*Ivana Trump*
1995	*Sophia Loren*
1996	*Grace Jones*
1997	*Sarah Ferguson*
1998	*Raquel Welch*
1999	*Fay Dunaway, Christian Barnard*
2000	*Jacqueline Bisset, Nadja Abdel Farrag („Naddel")*
2001	*Farrah Fawcett*
2002	*Claudia Cardinale*
2003	*Pamela Anderson*
2004	*Andie MacDowell*
2005	*Geri Halliwell, Ex-„Spice-Girl"*

Ski-Weltcup in Wien

Der Wiener Skilift bei der Hohen-Wand-Wiese (14., Mauerbachstraße 174–184) ist durch seine Erreichbarkeit mit öffentlichen Verkehrsmitteln, aber auch durch seine Länge (380 m) nicht zu verachten. Die Neigung beträgt zwar nur maximal 25 Prozent, aber die Piste ist mit einer Flutlicht- und einer Beschneiungsanlage ausgestattet.

Am 6. Jänner 1986 wurde hier sogar ein Parallelslalom im Rahmen des Ski-Weltcups unter Beteiligung von u. a. Marc Girardelli und Ingemar Stenmark ausgetragen.

Eine weitere Ski-Anlage der Stadt Wien befindet sich auf der Dollwiese (13., Ghelengasse 44).

Alt und gross

Die *Kronen Zeitung* ist die pro Kopf der Bevölkerung gerechnet auflagenstärkste Zeitung der Welt.
Laut Österreichischer Auflagenkontrolle (3. Quartal 2004) kommt die *Krone* im Wochenschnitt (Montag bis Samstag) auf eine Verkaufsauflage von knapp 860.000 Exemplaren. Täglich lesen sie ca. 2,9 Millionen Österreicher.
Bei ca. 82,6 Millionen Deutschen müsste etwa die „Bildzeitung" vergleichsweise eine Leserzahl von gut 30 Millionen erreichen. Tatsächlich sind es aber nur 12,11 oder 18,8 % der Bevölkerung.

Die *Wiener Zeitung* ist die älteste noch erscheinende (Tages-)Zeitung der Welt. Gegründet wurde sie 1703 als *Wiennerisches Diarium.* Die erste Ausgabe erschien am 8. August.

Wo geht's bitte zur U 5?

Das Wiener U-Bahn-Netz wurde in den Jahren 1966–1973 inklusive Nummernvergaben geplant. Die Nummer U 5 wurde dabei immer wieder an Linien vergeben, die sich später als nicht ausbauwürdig erwiesen. In Folge wurde die U 5 öfter neu angedacht, etwa als „durchgeschaltete" Straßenbahn auf eigenem Gleiskörper in Transdanubien.
Aktuell wird eine Linienführung vom Karlsplatz über die U-2-Trasse und dann ab Rathaus Richtung Hietzing diskutiert. Weiters denkt man an eine Südverlängerung entweder der U 2 oder dann U 5 Richtung Arsenal. Eine Realisierung ist aber kaum vor 2020 möglich.

Was der Wiener mit seinem Schmäh tut

- führen
- machen
- rennen lassen
- tandeln
- überreißen
- stad sein

Mit „Vater Unser" in den Himmel

Österreichweit sind noch 19 Paternoster oder „Umlaufaufzüge" in Betrieb. 15 davon in Wien.
Der Paternoster des Rathauses wurde 1918 eingebaut und dreht seine Runden mit zwei km/h.

Donaukanalbrücken und -ufer im ersten Bezirk

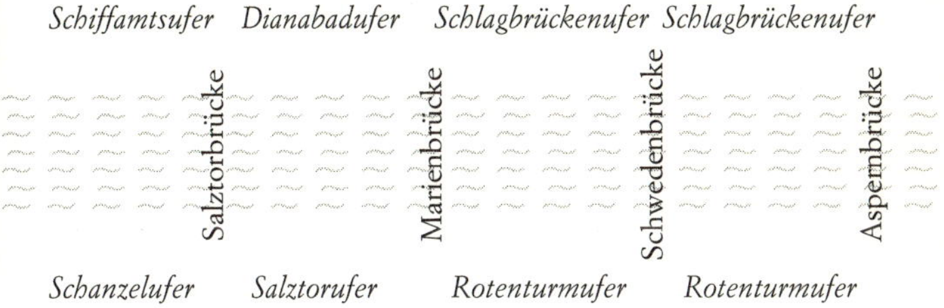

Flussgötter

Am Fuß der Albertinarampe befindet sich ein Brunnen, Albrechtsbrunnen oder Danubiusbrunnen genannt, der neben den Figuren der „Vindobona“ und des „Danubius“ die Flüsse der Monarchie personifiziert darstellte: Save und Theiß für Ungarn und Kroatien, March, Mur, Raab, Enns, Salzach und Traun, Drau und Inn. Im Laufe der Zeit gin gen einige Figuren verloren, werden aber seit einigen Jahren nach und nach wieder ergänzt bzw. ersetzt.

Kasernen und Kommandogebäude in Wien

- Kaserne Arsenal
- Kaserne Simmering
- Kommandogebäude Feldmarschall Radetzky
- Kommandogebäude General Körner
- Maria-Theresien-Kaserne
- Militärische Liegenschaft Breitensee
- Militärische Liegenschaft Kendlerstraße
- Roßauer Kaserne
- Starhemberg-Kaserne
- Van-Swieten-Kaserne
- Vega-Payer-Weyprecht-Kaserne
- Wilhelm-Kaserne

Einige der von Wienern am wenigsten besuchten Wiener Sehenswürdigkeiten

- Silberkammer
- Schatzkammer
- Kapuzinergruft
- Kaiserappartements
- Schloß Schönbrunn (innen)
- Hofreitschule (Lipizzaner)
- Wiener Sängerknaben

Schottwien

Kein Teil von Wien, sondern eine kleine Gemeinde auf der niederösterreichischen Seite des Semmerings. Dennoch eine Assoziation, die sich gerade in diesem Buch geradezu zwangsweise aufdrängt.

Die anderen Trappisten

Die weltweit bekannte „Trapp-Familie“ wurde wesentlich von der 1905 in Wien geborenen und später mit Georg von Trapp (einem österreichischen U-Boot-Veteranen des 1. Weltkriegs) verheirateten Maria Augusta Kutschera geprägt. Die jüngsten drei (Eleonore, Rosmarie, Johannes) der zehn Trapp-Kinder (die andere sind Rupert, Agathe, Maria, Werner, Hedwig, Johanna und Martina) sind von ihr. Sie war auch die Managerin der Gruppe und schrieb ein Buch über deren Erlebnisse. Das darauf basierende Broadway-Musical *The Sound of Music* von Rodgers & Hammerstein (8 Tony Awards) von 1959 wurde zum ungeahnten Welterfolg wie auch die Hollywood-Verfilmung *The Sound of Music* mit Julie Andrews und Christopher Plummer (5 Oscars) von 1965. Weltweit prägt dieser bei uns nur wenig bekannte Film seit damals das Bild Österreichs im Ausland. Auch das Musical wurde erst ab 2005 (abgesehen von einer ironisierenden Version im Schauspielhaus) in Wien gezeigt. 1991 wurde auch eine 40-teilige japanische Zeichentrickserie namens *Trapp ikka monogatari* (Geschichte der Trapp-Familie) nach dem Buch von Frau Kutschera hergestellt.

Einige Flüsse und Bäche im Stadtgebiet Wiens

- ~ Als(er)bach
- ~ Arbesbach (Erbsenbach)
- ~ Dornbach
- ~ Dürre Liesing
- ~ Eckbach
- ~ Grünauerbach
- ~ Gütenbach
- ~ Hainbach
- ~ Halterbach
- ~ Kaltenleutgebenbach
- ~ Lainzerbach
- ~ Liesingbach
- ~ Mauerbach
- ~ Mühlbach
- ~ Reiche Liesing
- ~ Rosenbach
- ~ Rotwasser
- ~ Sailerbach
- ~ Schreiberbach
- ~ Steinbach
- ~ Untermauerbach
- ~ Wien(fluss)
- ~ Wurzbach
- //// Ameisbach
- //// Knotzenbach
- //// Ottakringerbach
- //// Krottenbach
- //// Nestelbach
- //// Waldbach

~ (tw.) offen fließend
//// verbaut

Placenta fecit

Die Palatschinke hat – sprachgeschichtlich – eine weite Reise hinter sich. Bei den Römern *placenta* (Kuchen) genannt, wanderte sie nach Rumänien *(placinta),* weiter in die Ukraine *(blintschiki)* und nach Ungarn. Hier heißt sie *palacsinta,* weil das Ungarische keinen Doppelkonsonanten im Anlaut kennt.

Von dort kam sie nach Wien und wurde zum Pluralwort: Palatschinken. *Eine* Palatschinke gibt es eigentlich gar nicht, wollte man eine solche in einem Lokal bestellen, müsste man „eine halbe Portion Palatschinken" verlangen.

Cuculla offa

Funde von römischen Bronzebackformen beweisen die alte Geschichte des Guglhupfs. Manche Quellen behaupten daher, der Name käme von *cuculla,* was „Kapuze" bedeuten soll und somit auf auf die Form hinweisen würde. Allerdings bedeutet *cuculla* eigentlich „Mönchskutte", die Kapuze dazu heißt *cucullus.* Andere Quellen berichten aber von einem *cuculla offa* (*offa* = Stück, Bissen), einem bestimmten Kuchen, den Mönche bei ihrem Eintritt in den Orden erhalten haben sollen. Damit wäre „Guglhupf" zwar sicher lateinischen Ursprungs, aber eher von einem mittelalterlichen Backwerk und Brauch herstammend. Wie die Römer den ihren genannt haben, bliebe dann offen.

Der Beugel-Bumerang

Ein Beugel ist eine Wiener Gebäckspezialität, meist mit Nüssen oder Mohn gefüllt und dann auch Nussbeugel oder Mohnbeugel genannt. Eventuell stammt der Name von „biegen", immerhin ist ein Beugel einem Kipferl nicht unähnlich. Viele Quellen wollen aber wissen, dass das Beugel 1683 zu Ehren des Polenkönigs Jan Sobieski erfunden wurde, der Wien damals von den Türken befreit hatte. Da der König ein großer Reiter war, wurde das Gebäck in Form eines Steig*bügels* hergestellt.

Vermutlich mit jüdischen Emigranten kam das Gebäck jedenfalls später in die USA, erhielt dort seine abgeschlossene runde Form und den Namen „Baigel". Als solches taucht es nun – oftmals pikant gefüllt – auch vermehrt in Wiener Bäckereien und Imbissen auf.

Aufg'schaut!

Die zwei letzten Wiener Sesselträger beendeten ihre Tätigkeit 1888. Noch 1848 gab es trotz Konkurrenz von allerlei Pferdekutschen 30 Sänften.

Zugelassen waren 1848 in Wien:

- 24 Einspänner
- 70 Stadtlohnkutscher
- 18 Landkutschen
- 100 Stellwagen (Gesellschaftswagen und Omnibusse)
- 700 Zeiselwagen und
- 680 Fiaker

Umbenennung bitte warten

Umbenennungen von Straßen und Plätzen werden in Wien nur in Ausnahmefällen und äußerst selten durchgeführt. Der Grund dafür ist vermutlich in der Tatsache zu suchen, dass der jeweilige Bezirk sämtliche Kosten – von der Änderung von Firmenbriefpapier und Visitkarten bis zu den Dokumentenänderungen aller Anrainer – übernehmen muss.

Jagdsaison am Zentral

Jeden Herbst pirscht die Simmeringer Jägerschaft durch den geschlossenen Wiener Zentralfriedhof. Um die 1874 eröffnete, 2,5 Quadratkilometer große Nekropole und vor allem die Gräber mit Sonderschmuck zu schützen, werden vor allem Hasen und Fasane geschossen. Da auf Friedhöfen laut Gesetz die Jagd aber zu ruhen hat, handelt es sich offiziell um keine solche, sondern um einen so genannten „Zwangsabschuss".

Deutschmeistermarsch

Ludwig van Beethoven schrieb Im Jahre 1809 für Erzherzog Anton Viktor Joseph (Inhaber des k. k. Infanterieregiments Nr. 4) einen Deutschmeistermarsch, in F-Dur, mit der Zeitmaßangabe „Allegro, in dem jetzt üblichen Tempo der Märsche".
Er wurde kein Erfolg.

Darauf widmete Beethoven ihn um und nannte ihn „Marsch für die böhmische Landwehr".
Er wurde weiterhin kein Erfolg.

1819 folgte eine nochmalige Umbenennung, diesmal in „Yorck'scher Marsch" (zu Ehren des preußischen Feldmarschalls Johann David Ludwig Yorck von Wartenberg).
Der Erfolg blieb weiter aus.

1893 verfasste der Gelegenheitskomponist und Korporal in der 7. Kompanie des k. u. k. Infanterieregiments Hoch- und Deutschmeister Nr. 4, Wilhelm August Jurek, einen Deutschmeistermarsch für ein „gemütliches Beisammensein mit nichtmilitärischem Charakter".
Dieser wurde am 19. März 1893 im Kasino der Vorstadt Ober St. Veit vor 20 Offizieren und Soldaten uraufgeführt und zu einem noch heute viel gespielten Welterfolg.

Inspiriert dazu dürfte Jurek durch die Tätigkeit des monotonen Abstempelns von Urlaubsscheinen seiner Kompanie mit dem Wortlaut „K. u. K. Infanterieregiment Hoch- und Deutschmeister Nr. 4" worden sein. Dadurch erklärt sich wohl auch die Tatsache, dass man zu diesem Marsch sehr schlecht marschieren – aber hervorragend stempeln – kann.

Häuser der Freude

1714 erschien eine Art Wiener Sexführer. Unter dem Titel *Neu eröffnetes Wein-Wirths-Haus oder Curioser Gasthof* sind darin einige damals bekannte Orte des Lasters aufgezählt:

- Bey der neunfingert-Steyrischen Gredl
- Zum nakenden Kapauner
- Bey der angestrichenen Julerl
- Zum zerbrochenen Spiegl
- Bei der Tyrollerischen Medritat-Krammerin-Frantzl
- Beym grünen Hut
- Bey der kleinen Tobacks-Krammerin
- Zur wilden Sau
- Bey der Schneider Kundl
- Zur verguldten Gaiss

und noch andere Oerther mehr

Mailüfterl

Der erste vollständig mit Transistoren arbeitende Computer auf dem europäischen Festland wurde ab 1955 von Heinz Zemanek an der Wiener TU gebaut und „Mailüfterl“ genannt. Zemaneks Anspielung auf die damals in den USA stehenden Röhren-Rechner gibt seinem Werk schließlich den Namen:

„Wenn es auch nicht die rasante Rechengeschwindigkeit amerikanischer Modelle erreichen kann, die ‚Wirbelwind‘ oder ‚Taifun‘ heißen, so wird es doch für ein Wiener ‚Mailüfterl‘ reichen.“

Der offizielle Name lautet: „Binär dezimaler Volltransistor – Rechenautomat“. Er bestand aus 3000 Transistoren, 5000 Dioden, 1000 Montageplättchen, 100.000 Lötstellen, 15.000 Widerständen, 5000 Kondensatoren und 20.000 m Schaltdraht. Mit seiner Breite von 4 Metern, einer Höhe von 2,5 Metern und einer Tiefe von 50 Zentimetern war er für die damaligen Verhältnisse eher klein.

Echte und falsche Römer

In Wien findet man eine Reihe von Römischen Ruinen – echte und falsche.

Echt:

- Hoher Markt (1948 anlässlich von Kanalbauarbeiten entdeckt)
- Michaelerplatz (zwischen 1989 und 1991 bei archäologischen Grabungen gefunden)
- Am Hof (Keller der heutigen Feuerwehrzentrale)

Falsch:

- Schönbrunn: Römische Ruine (von Johann Ferdinand Hetzendorf von Hohenberg entworfen und im Jahre 1778 erbaut)

Jüdische Librettisten

Fast alle Texte zu fast allen klassischen Wiener Operetten stammen von Juden. Nach dem Einmarsch Deutschlands wurden deren Werke – im Gegensatz zu so vielem anderen – allerdings inkonsequenterweise nicht verboten, sondern lediglich die Namen der Autoren von den Programmzetteln entfernt. So konnte sogar Hitler selbst, ohne äußeren Widerspruch, an Operettenaufführungen teilnehmen.

Basteien

Arsenalbastei
Augustinerbastei
Biberbastei
Bollwerkbastei
Braunbastei
(Jacoberbastei)
Burgbastei
Bürgerbastei
Coburgbastei
Dominikanerbastei
(Hollerstaudenbastei)
Eckbastei
Elendbastei
Franzenstorbastei
Gonzagabastei
Heynerbastei
Hornwerksbastei
Kärntner(tor)bastei
Kolowratbastei
Landschaftsbastei oder
Löblbastei (Löwelbastei)
Majestätsbastei
Mölkerbastei
Mönchbastei
Neutorbastei
Paradiesbastei
Predigerbastei
Rotenturmbastei
Schottenbastei
Spanische Bastei
Steigerbastei
Stubentorbastei
Wasserkunstbastei
Wasserschanzbastei

Tore

Altes Kärntnertor
Burgtor
Fischertor
Franz Josef(s) Tor
Franzenstor
Karolinentor
Neues Kärntnertor
Neutor
Rotenturmtor
Salztor
Schanzeltor
Schottentor
Stubentor
Werdertor

Neutor und Schottentor

Alban Berg und Arnold Schönberg bei einer Probe des Kolisch-Quartetts. Tuschzeichnung von B. F. Dolbin, 1923.

Nicht die Schrammeln

1921 gründete der Schönberg Schüler Rudolf Kolisch (1896 1978) auf die Anregung seines Lehrers hin das „Wiener Streichquartett". Die Besetzung war Rudolf Kolisch, Fritz Rothschild (abwechselnd Violine I und II), Marcel Dick (Viola) und Joachim Stutschewsky (Cello).

Einige Jahre später bildete sich das Kolisch-Quartett, als feste Besetzung etablierten sich Felix Khuner (Violine), Eugene Lehner (Viola) und Benar Heifetz (Cello). Es ging auf internationale Tourneen und errang schnell Weltruhm.

Kaffee in Wien
(Auswahl)

- *Brauner oder Gold (groß oder klein)*
  Schwarzer Kaffee, der durch Zugabe von Obers eine goldbraune Farbe erhält.
- *Capuccino*
  Espresso mit schaumiger, heißer Milch, Schlagobers und Schokostreuseln.
- *Einspänner*
  Schwarzer im Glas mit Schlagobershaube.

- *Fiaker*
  Mocca mit Rum oder Obstler sowie mit Schlagobers, im Glas serviert.
- *Franziskaner*
  Kleiner Mocca mit viel Milch, Schlagobers und Schokostreuseln.
- *Häferl- oder Hauskaffee*
  Sehr heller Kaffee mit ganz viel Milch, meist im hohen Häferl.
- *Irish Coffee*
  Schwarzer Kaffee, mit irischem Whisky und Zucker aufgekocht, mit Schlagobers.
- *Kaffee verkehrt*
  Mehr Milch als Kaffee (Milchkaffee).
- *Kaisermelange*
  Schwarzer mit Eidotter.
- *Kapuziner*
  Eine kleine Schale schwarzen Kaffees mit einem Tropfen Obers, mit Kakao oder geriebener Schokolade bestreut.

- *Konsul*
  Schwarzer mit einem kleinen Schuss Obers.
- *Maria Theresia*
  Moccavariation mit einem Schuss Orangenlikör.
- *Melange*
  Milchkaffee in der Schale oder im Glas, auch mit Schlagobers.
- *Piccolo*
  Kleiner Schwarzer in Piccoloschale mit oder ohne Schlagobers.
- *Schwarzer oder Mocca (groß oder klein)*
  Eine Schale schwarzer Kaffee, auch nach Wunsch mit etwas mehr heißem Wasser „verlängert“.
- *Türkischer Kaffee*
  Fein gemahlener, stark gebrannter Kaffee, aufgekocht und mit Sud serviert.

Einiges zum Glücksspiel in Wien

- Erste urkundlich erwähnte Lotterie („Glückshafen“): 1475
- Einrichtung von städtischen „Glückshäfen“: ab 1564
- ausgespielter Gewinn: profane und sakrale Gold- und Silbergegenstände
- Im Jahr 1788 wurde im Glückshafen des Johann Hackel am Graben eine Equipage mit zwei Pferden ausgespielt
- Einführung des Lotto: 1751
- Erste Spielbanken: 1809 das „Geigerische Casino“ in der Singerstraße und eine Spielbank am Neuen Markt 12 (Ecke Plankengasse)
- Einführung der Klassenlotterie: 1913
- Sport-Toto: 1949
- Pferde-Toto: 1953 (eingestellt 1967)
- 1. Wiener Spielcasino: 1961 im „Le Palais“ (4. Bezirk) eröffnet
- Brieflotterie: 1980
- Lotto „6 aus 45“: 1986
- EuroMillionen: 2004

Rund um Wien

Rund um Wien Wanderweg 10

Abschnitt 1	Donauinsel–Kahlenberg
Abschnitt 2	Kahlenberg–Weidlingau
Abschnitt 3	Weidlingau–Bahnhof Liesing
Abschnitt 4	Bahnhof Liesing–Freudenauer Hafen
Abschnitt 5	Freudenauer Hafen–Bahnhof Gerasdorf
Abschnitt 6	Bahnhof Gerasdorf–Donauinsel
Insgesamt	114 km

Rund um Wien Wanderweg 11

Abschnitt 1	Heiligenstadt–Purkersdorf
Abschnitt 2	Purkersdorf–Liesing
Abschnitt 3	Liesing–Hafen Freudenau
Abschnitt 4	Roter Hiasl–Gerasdorf
Abschnitt 5	Gerasdorf–Heiligenstadt
Insgesamt	120 km

Der Wanderweg 11 besteht im Gegensatz zum Wanderweg 10 nur aus fünf Abschnitten. Der Tagesdurchschnitt beim Wanderweg 11 liegt bei rund 24 Kilometern und zirka sechs Stunden Wanderzeit.

Vom Puff zur Kunstmeile

Während der Mann von Welt im 18. Jahrhundert die besseren Mädchen (Grabennymphen) in der Innenstadt bevorzugte, fand der Normalbürger sein käufliches Vergnügen bei den „Bierhäuslmenschern", hauptsächlich am Spittelberg. Zu dessen Blütezeit von 1780 bis 1800 waren von 140 Häusern rund 50 % Animierlokale.
Nach einer gründlichen Restaurierung und Revitalisierung ist der Spittelberg heute ein Künstlerviertel ersten Ranges mit Dutzenden Galerien, Kunstgeschäften und – anständigen – Lokalen.

Kommerzplätze

Eine Benennung von Wiener Straßen und Plätzen nach Firmennamen ist gesetzlich nicht möglich. Allerdings kann man sie durchaus nach den Namen von Firmengründern benennen. So gibt es unter anderem einen Friedrich-Wilhelm-Raiffeisen-Platz und einen Ferdinand-Piatnik-Weg. Außerdem liegen die Alcatel Austria AG innovativ am Kommunikationsplatz, Philips an der Computerstraße und Ikea an der Sverigestraße.

A

Adler, Victor, Museum
Afrika-Kaffa-Äthiopien-Sammlung
Ägyptische Sammlung (Kunsthistorisches Museum)
Albertina
Alte Schmiede
Alpengarten im Belvedere
Ambrosi, Gustinus, Museum
Anatomisches Bundesmuseum
Antikensammlung (Kunsthistorisches Museum)
Arbeiterbewegung, Verein für Geschichte der
Archäologisches Grabungsfeld, Michaelerplatz
Architektur Zentrum Wien
Arsenal: Heeresgeschichtliches Museum
Artothek (Bildleihstelle)
Aspern 1809
Astronomie, Arbeitsgemeinschaft für (WAA)
Augarten Porzellanmanufaktur

B

Barockmuseum (Museum im Unteren Belvedere)
Bauernfeld, Eduard v., Gedenkraum (Bezirksmuseum Döbling)
Beethoven-Fries (Secession)
Beethoven Eroicahaus
Beethoven-Gedenkstätte Floridsdorf
Beethoven Heiligenstädter Testament
Beethoven Pasqualatihaus
Belvedere, Alpengarten
Belvedere
Bergwerk (Technisches Museum)
Beschirrung, Museum für Beschirrung und Besattelung
Bestattungsmuseum
Bibliothek, Museums (Kunsthistorisches Museum)
Bibliothek der Stadt und des Landes Wien
Biedermeier-Friedhof St. Marx
Biedermeier-Friedhof, ehemaliger (Waldmüllerpark)
Biedermeier-Ausstattungskunst (Geymüller-Schlössl)
Biedermeiermöbel
Biedermeierzimmer
bildende Künste, Akademie der, Gemäldegalerie
Bildleihstelle (Artothek)
Billard- und Kaffeehauskultur

H

I

Icha Oska (Beethoven-Gedenkstätte)
Internationales Esperanto-Museum

J

Jakobs-Kirche, St.-, Heiligenstadt
Johanneskirche Unterlaa
Josephinum (Museum des Institutes für Geschichte der Medizin)
Jüdisches Museum

K

K & K Weinschatzkammer
Kaffeemuseum
Kahlenbergermuseum
Kaiser Franz Joseph Hutmuseum
Kaiserbrunn, Wasserleitungsmuseum
Kaisergruft
Kapuzinergruft
Kartensammlung (Nationalbibliothek)
Keramische Bodenfunde (Virgilkapelle)
Kindermuseum ZOOM
Kindertheatermuseum (Österreichisches Theatermuseum)
Klimt-Atelier Hietzing
Klimt-(Beethoven-)Fries in der Secession
Kopiergerätemuseum
Kriminalmuseum, Wiener

Gross-Wien

Unter der Diktatur der Nationalsozialisten wurde Wien von 21 auf 26 Bezirke erweitert. Insgesamt 97 niederösterreichische Gemeinden wurden zu den Wiener Bezirken 23 bis 26:

23. Bezirk	Schwechat
24. Bezirk	Mödling
25. Bezirk	Liesing
26. Bezirk	Klosterneuburg

Nach dem Krieg wurde diese Regelung wieder zurückgenommen, Liesing blieb aber als nunmehr 23. Bezirk bei Wien.

Geehrt

Die Wiener Kinderbuchautorin Christine Nöstlinger erhielt 2003 (gemeinsam mit dem Amerikaner Maurice Sendak) als Erste den seit jenem Jahr vergebenen „Astrid-Lindgren-Gedächtnispreis“ aus den Händen der Kronprinzessin Victoria.

Skizze der Werbungsversuche Hermann Leopoldis

... in seinem Lied „In der Barnabitengassen“

...	×	?	♥!
Barnabitengasse →	Michaelerplatz →	Graben →	Fischerstiege

In der Barnabitengassen hat sie sich noch bitten lassen,
bis zum Michaelerplatz war alles für die Katz'!
Erst als ich sie frag' am Graben:
„Könnt ich nicht a Busserl haben?“
Sagt sie: „Auf der Fischerstiang'
werden's vielleicht eins kriang'.“

Einige bekannte Wiener, die keine sind

- Abraham a Sancta Clara – eigentlich Johann Ulrich Megerle
  Pseudonyme: Gautentius Hilarion, Hilarius von Freudberg, Theophilus Mariophilus
  (2. 7. 1644 Kreenheinstetten bei Meßkirch)*
- Ambros, Wolfgang *(* 19. 3. 1952 Wolfsgraben)*
- Häupl, Michael *(* 14. 9. 1949 Altlengbach)*
- Herzl, Theodor *(* 2. 5. 1860 Budapest)*
- Karajan, Herbert von *(* 5. 4. 1908 Salzburg)*
- König, Franz *(* 3. 8. 1905 Warth)*
- Kraus, Karl *(* 28. 4. 1874 Gitschin [Jičín])*
- Merkatz, Karl *(* 17. 11. 1930 Wiener Neustadt)*
- Metternich, Clemens Wenzel Lothar Graf
  (15. 5. 1773 Koblenz)*

- Orsolics, Hans (Johannes) *(* 14. 5. 1947 Neuberg)*
- Phettberg, Hermes
  (5. 10. 1952 in Hollabrunn als Josef Fenz)*
- Resetarits, Lukas – eigentlich Erich L. Resetarits
  (14. 10. 1947 Stinatz)*
- Resetarits, Willi
  Pseudonyme: Ostbahn-Kurti, Professor Dr. Kurt Ostbahn
  (21. 12. 1948 Stinatz)*
- Sacher-Masoch, Leopold Ritter von
  auch: Charlotte Arand, Zoe von Rodenbach
  (27. 1. 1836 Lemberg)*
- Wilder, Billy – eigentlich Samuel Wilder
  (22. 6. 1906 Sucha)*

Das vergessene Schloss

Um die Mitte des 16. Jahrhunderts befahl Kaiser Maximilian II. die Errichtung eines neuen Lustschlosses. Es wurde im heutigen Simmering (damals hauptsächlich Wald) errichtet und „Neugebäude" genannt. Das Schloss Neugebäude war einer der größten Renaissancebauten nördlich der Alpen und wurde erst ca. 1580 ganz fertiggestellt.

Der Bau wurde aber von Maximilians Sohn Rudolf wenig genutzt und verfiel langsam. Zwar feierte Rudolfs Bruder Matthias noch einige Feste dort, aber 1683 wurde es von den Türken okkupiert und als Magazin benutzt. Die Kuruzzen zerstörten 1704 große Teile der Anlage. Schließlich übergab Kaiserin Maria Theresia, die längst in Schönbrunn residierte, das Neugebäude dem Militär. Außerdem verwendete die praktische Kaiserin viele Steinteile des alten Schlosses für Schönbrunn: Fast alle Stiegen und auch die Gloriette sowie die romantisierende römische Ruine bestehen daraus.

Den Torso des Schlosses kann man heute am Ende der Neugebäudestraße am nördlichen Rand des Urnenfeldes des Zentralfriedhofes sehen. Es wird gelegentlich für Märkte, Feste und Kinovorführungen genutzt.

Ursprünglich wurde für das Schloss hauptsächlich der damals härteste verfügbare Kalkstein – der Kaiserstein – verwendet, der aus einem Steinbruch in der Nähe von Bruck an der Leitha stammte. Daher kommt auch die Gründung und Benennung des Ortes Kaisersteinbruch.

Opernball International

Der Wiener Opernball findet nicht nur seit 1935 in Wien statt – es gab oder gibt regelmäßig so genannte Wiener Opernbälle unter anderem in New York, Moskau, Hong Kong und Dubai.
Die allerdings naturgemäß weder in Wien noch in Opern stattfinden.

Die Wiener Bezirke nach Grösse

	Fläche in km²
22. *Donaustadt*	103,24
21. *Floridsdorf*	46,26
13. *Hietzing*	38,21
14. *Penzing*	33,23
23. *Liesing*	32,36
10. *Favoriten*	30,49
11. *Simmering*	24,73
19. *Döbling*	24,26
2. *Leopoldstadt*	18,18
17. *Hernals*	11,39
16. *Ottakring*	8,67
12. *Meidling*	7,73
3. *Landstraße*	7,17
18. *Währing*	6,26
20. *Brigittenau*	4,77
15. *Rudolfsheim-Fünfhaus*	3,92
9. *Alsergrund*	2,96
1. *Innere Stadt*	2,88
5. *Margareten*	2,01
4. *Wieden*	1,80
7. *Neubau*	1,61
6. *Mariahilf*	1,45
8. *Josefstadt*	1,09

Hallo Tschusch

Der unfreundliche Ausdrück für (südöstliche) Ausländer geht auf den Bau der Südbahnstrecke zurück. Die dort arbeitenden jugoslawischen Bauarbeiter riefen sich bei Unklarheiten schlicht immer wieder „čuješ“ = „Verstehst du?“ zu.

Einige historische Reiseführer durch das erotische Wien

- *Taschenbuch für Grabennymphen,* Joseph Richter, 1787
- *Galanterien Wiens auf einer Reise gesammelt und in Briefen geschildert von einem Berliner,* Johann Friedel, 1784
- *Wien, seine Geschichte und Denkwürdigkeiten,* Joseph Freiherr v. Hormayr, 1824
- *Wiens Schandsäulen,* Severin v. Schmitz, 1886
- *Die Prostitution in Wien und Paris,* W. Schlesinger, 1886
- *Die Prostitution in Wien,* H. Montane, 1925

Alle Wiener Donau-Länden

Nordbahnlände
Praterlände
Landungshauslände
Pfeiferllände
Krieau Lände
Stadlauer Lände
Schoegerhaus Lände

Wiener Heilige

Einige Heilige und Selige, die in Wien gewirkt haben:

Petrus Canisius (H)
Clemens Maria Hofbauer (H)
Anton Maria Schwartz (S)
Johannes von Capistran (H)
Leopold III. (H)
Maria Theresia Ledochowska (S)
Restituta Helene Kafka (H)
Stanislaus Kostka (H)
Karl I. (S)

Wegwerfstation

Der nahe einem der Schlossgartenausgänge Schönbrunns gelegene, von Otto Wagner entworfene und prächtig ausgestattete Hofpavillion – die kaiserliche Station der Stadtbahn in Hietzing – wurde nur einmal benutzt. Bei seiner Eröffnung.
Zu sehen ist er heute noch, besonders gut bei Stau stadteinwärts links an der Schönbrunner Schloßstraße.

Kaffeehauslektüre

Da die Zeitungen im 18. Jahrhundert noch sehr teuer waren, wurden sie schon damals gerne hauptsächlich in Kaffeehäusern gelesen, wo das Getränk weniger kostete als der Erwerb der Lektüre gekostet hätte.
Außerdem wurden die Nachrichten dort oft von Stammgästen vorgelesen – ein Vorteil für die immer noch zahlreich vorhandenen (funktionellen) Analphabeten.

Einige Wienerische Ausdrücke mit lateinischer Wurzel

akkurat
genau .... *accuratus = sorgfältig, genau*
Apportl
Stöckchen (f. d. Hund) .... *apportare = herbeitragen, -bringen*
Bauxerl
Kleinkind .... *pauxillius = klein, winzig*
Häfn, Häferl
Gefängnis, Tasse ... *div. Worte um capire = fassen, in sich aufnehmen (capis = Henkelschale)*
(Salat-)Hapl
Salatkopf .... *caput = Kopf*
kommod
bequem .... *commodus = passend, bequem*
Paläster(er)
Fußballspieler .... *ballista = Wurfmaschine, Wurfstein*
parieren
gehorchen .... *parere = gehorchen*

piperln
trinken .... *bibere = trinken, saufen*
Seidl
0,3 l (Bier) .... *situlum = Eimer*
sekkieren
ärgern .... *secare = schneiden*
Servas
(Gruß) .... *servus = Diener*

Rohrpost in Wien

1875 wurde eine so genannte „pneumatische Rohrpostanlage" in Betrieb genommen, die in Wien zur Beförderung von Depeschen und später auch von Telegrammen benutzt wurde. Durch ganz Wien führte ein Netz von Rohrleitungen zu anfangs 10 Postämtern, die in der Entfernung von ein bis drei Kilometern errichtet waren. Die Nachrichten wurden dabei in Büchsen verschickt.
1913 umfasste das Rohrnetz 53 Rohrpoststellen, mit einer Gesamtlänge von 825 Kilometern. Das Leitungsnetz wurde im Zweiten Weltkrieg stark beschädigt, 1956 wurde es endgültig eingestellt.

Wien isst international

Ital. Pizzeria (277)
Ital. klassisch (136)
Chinesisch (251)
Japanisch (84)
Asiatisch (73)
Griechisch (49)
Indisch (28)
Ital. Osterien (24)
Mediterran (23)
Amerikanisch (23)*
Türkisch (28)**
Spanisch (20)
Französisch (16)
Thailändisch (14)
Mexikanisch (13)
Lateinamerika (12)
Balkanküche (11)
Tex-Mex (10)
Dalmatinisch (8)
Arabisch (7)
Böhmisch (7)
Orientalisch (7)
Persisch (7)
Koreanisch (4)
Portugiesisch (4)
Russisch (4)
Ungarisch (4)
Afrikanisch (3)
Jüdisch (3)
Mongolisch (3)
Vietnamesisch (3)
Ägyptisch (2)
Albanisch (1)
Belgisch (1)
Englisch (1)
Indonesisch (1)
Kreolisch (1)
Polnisch (1)
Skandinavisch (1)
Tibetisch (1)

* ohne Fastfood
** ohne Kebab-Imbiss

Heimische Küche:
1589

Wiener Tradition im Netz

Die vermutlich älteste noch aktive europäische Online-Community ist die Wiener Blackbox (www.blackbox.net). 1992 als Österreichs erste Online-Community gegründet, war die über Einwahlmodem zu erreichende Blackbox für viele damals die einzige Möglichkeit, das neue Medium der E-Mails zu nutzen. Auch die erste E-Mail-Adresse eines österreichischen Bundeskanzlers war eine Blackbox-Adresse.

In der Blackbox organisierten sich nicht nur die Wiener Landesparteien erstmals online, sondern unter anderem auch die österreichische S/M-Szene. Der in der Blackbox entstandenen „Wickie, Slime und Paiper"-Welle hat Österreich unter anderem die zeitweise Wiedereinführung der Eskimo-Eissorte „Paiper", das Wiederzulassen von Austropop und 70er-Jahre Musik auf Ö3 und die BA-CA-Barbapapa-Werbung zu verdanken. Im Jahr 2000 wurde die Blackbox von ihren Gründern an die Benutzer übergeben. Seither wird sie von diesen selbst verwaltet.

Einige böse Lieder über Wien

Der Hund .... G. Kreisler
Der Tod, das muss ein Wiener sein .... G. Kreisler
Die alte Engelmacherin .... Bronner/Qualtinger
Die Omama .... L. Hirsch
Einen Wiener kennst sofort .... W. Heider
Es lebe der Zentralfriedhof .... W. Ambros
Fürstenfeld .... STS
Heimweh nach Wien .... Bronner/Wehle
Man beißt auf Schaumgummi .... G. Bronner
Oper, Burg und Josefstadt .... G. Kreisler
Psychoterror .... Drahdiwaberl
Vienna .... EAV
Wean du bist a oide Frau .... H. Qualtinger
Wenn der Wiener ein Schaas lasst .... H. Qualtinger
Wie schön wäre Wien ohne Wiener .... G. Kreisler
Wien, Wien nur du allein .... EAV

Wiener Meile

Die Wiener Meile entspricht 4000 Klaftern.
Oder 10.000 Fuß bzw. 24.000 Zoll oder auch 288.000 Linien.

Waluliso

„Waluliso" ist die Abkürzung für „Wald Luft Licht Sonne" und kann auch heute noch vereinzelt als Aufkleber am Heck alter Autos (bevorzugterweise mit schwarzen Nummerntafeln) erspäht werden.

„Waluliso" ist aber auch das Pseudonym des Mannes, der in frühen ökologisch-bewegten Zeiten diesen Schlachtruf in die Welt setzte.

Mit bürgerlichem Namen Ludwig Weinberger geheißen (* 2. 7. 1914 Wien, † 21. 7. 1996), kämpfte das Wiener Original mit weißer Toga bekleidet für die Umwelt – und FKK sowie die Erhaltung und Nutzung der Donauinsel als Freizeit- und Erholungsraum.

Mit Erfolg: Unter anderem geht die Errichtung der Nacktbadeplätze auf der Wiener Donauinsel direkt auf ihn zurück, weshalb auch eine Fußgängerbrücke über die Neue Donau nach ihm benannt wurde.

Auch bei dem Lied *Wir bauen ein Haus* der österreichischen NDW-Band *Blümchen Blau* hat Waluliso mitgewirkt, wenn auch nur mit Sprechgesang.

Einige internationale Filme mit Schauplatz Wien

Armour of God .... Jackie Chan, 1986
Bad Timing .... Art Garfunkel, Theresa Russel, 1980
Before Sunsrise 1995
Christine .... Alain Delon, Romy Schneider, 1958
Der dritte Mann .... Orson Welles, 1949
Der Hauch des Todes/The Living Daylights .... James Bond, 1987
Die Pianistin .... Isabelle Huppert, 2001
Julia .... Jane Fonda, 1977
Le violon rouge 1998
The Man with Two Brains .... Steve Martin, 1983
The Wedding March .... von Strohheim, Faye Wray, 1928
Bride of the Wind .... Alma Mahler-Bio, 2001
Klimt 2005
Scorpio .... Burt Lancaster, Alain Delon, 1973
The Peacemaker .... Nicole Kidman, George Clooney, 1997
Comedian Harmonists 1997

Wien, filmisch verkleidet

WIEN ALS MOSKAU:

Firefox .... Clint Eastwood, 1982

WIEN ALS PARIS:

Die drei Musketiere ..... Charlie Sheen, Kiefer Sutherland, Chris O'Donnell, 1993

9 1/2 Weeks – Love in Paris .... Mickey Rourke, 1997

WIEN ALS BRATISLAVA:

Der Hauch des Todes/The Living Daylights .... James Bond, 1987

Aber:
PRAG ALS WIEN:

Amadeus .... Tom Hulce, 1984

Prostitutio Vindobonae

Die Prostitution war im römischen Vindobona genau geregelt. Es gab zwei Arten von Prostituierten: die Straßenmädchen *(prostibulae)* und die Freudenmädchen in den Freudenhäusern. Die selbstständigen Damen mussten sich in ein behördliches Register eintragen lassen und erhielten dafür eine Art Kontrollkarte – die *licentia stupri* (heute in Wien in aktualisierter Form als „Deckel" bekannt).

Kleidervorschrift:	kurze Tunika, darüber eine grüne Toga sowie – jahreszeitlich – ein weißer, an der Taille endender Überwurf.
Kopfbedeckung:	Tira über gelber Perücke

Wien, USA

Vienna, AL
Vienna, GA
Vienna, IL
Vienna, IN
Vienna, LA
Vienna, MD
Vienna, ME
Vienna, MI
Vienna, MO
Vienna, NC
Vienna, NJ
Vienna, NY
Vienna, OH
Vienna, SD
Vienna, TX
Vienna, VA
Vienna, WV
Vienna Bend, LA
Vienna Corners, MI
Vienna Forest, NC
Vienna Gardens, NJ
Vienna Junction, MI
Vienna Woods, VA
Wien, MO
Wien, WI

Wiener Adressortung

Beschluss des Gemeinderates über die Vergabe von Orientierungsnummern für Straßen, Gassen und Plätze in Wien

(Beschluss 27. Juni 2001, PrZ 241/01-GWS)

§ 1

Die Straßen, Gassen und Plätze in Wien sind wie folgt zu nummerieren:

1. Die Straßen und Gassen haben für sich abgeschlossen fortlaufende Nummern (Orientierungsnummern) zu erhalten, und zwar rechts die geraden und links die ungeraden. In jeder Straße oder Gasse hat demnach die Nummerierung mit der Orientierungsnummer 1 zu beginnen.

2. Die niederen Nummern haben in den Längsstraßen und -gassen bei der dem Stadtzentrum – das heißt dem Stephansplatz – zugekehrten Seite, in den Querstraßen und -gassen in der Regel an der linken Seite zu beginnen. Längsstraßen und -gassen sind jene, welche in radialer Richtung verlaufen; alle anderen sind Querstraßen und -gassen.

3. Plätze sind im Kreise von links nach rechts mit fortlaufenden Zahlen, beginnend mit der Orientierungsnummer 1, zu versehen.

4. Jedewede Liegenschaft, die an eine öffentliche Verkehrsfläche, auch an eine Verkehrsfläche nach § 53 der Bauordnung für Wien, angebunden ist, erhält, jedenfalls im Falle einer Bebauung, eine oder mehrere Orientierungsnummern. Bei der Lage an mehreren Verkehrsflächen erhält die Liegenschaft an jeder Verkehrsfläche eine oder mehrere Orientierungsnummern. Bei Kleingartengebieten, Kleingartengebieten für ganzjähriges Wohnen und Gartensiedlungsgebieten kann jeder Zugang von der öffentlichen Verkehrsfläche eine Orientierungsnummer erhalten. Orientierungsnummern können schon vor Benennung einer Verkehrsfläche vergeben werden. Sie sind grundsätzlich bei Baubeginn zu vergeben. Eine Änderung einer einmal gegebenen oder derzeit bestehenden Orientierungsnummer ist nur im Falle von Gefahr in Verzug (z. B. Verwechslungsgefahr für Rettung, Feuerwehr und dergleichen) vorzunehmen.

§ 2

Dieser Beschluss tritt am 1. September 2001 in Kraft. Mit dem Inkrafttreten dieses Beschlusses tritt Punkt B. des Beschlusses des Stadtrathes der Reichshaupt- und Residenzstadt Wien vom 7. Februar 1894, Amtsblatt der k.k. Reichshaupt- und Residenzstadt Wien Nr. 14/1894, außer Kraft.

Das singende Haus	1948
Kleiner Schwindel am Wolfgangsee	1949
Auf der Alm, da gibt's ka Sünd'	1950
Der alte Sünder	1951
Eva erbt das Paradies – ein Abenteuer im Salzkammergut	1951
Der Mann in der Wanne	1952
Hallo Dienstmann	1952
Ideale Frau gesucht	1952
Ein tolles Früchtchen	1953
Die süßesten Früchte	1953
Der Obersteiger	1953
Heute nacht passiert's	1953
Kaiserwalzer	1953
Rosen aus dem Süden	1954
Kaisermanöver	1954
Verliebte Leute	1954
Heimatland	1955
Ja, so ist das mit der Liebe	1955
Spionage	1955
Der Kongreß tanzt	1956
Symphonie in Gold	1956
Lumpazivagabundus	1956
Kaiserball	1956
Roter Mohn	1956
Heimweh – dort wo die Blumen blüh'n	1957
Das Glück liegt auf der Straße	1957
Vier Mädels aus der Wachau	1957
Liebe, Mädchen und Soldaten	1958
Solang' die Sterne glüh'n	1958
Oh, diese Ferien	1958
Der Schatz vom Toplitzsee	1959
Glocken läuten überall	1960
Im schwarzen Rößl	1961
Das ist die Liebe der Matrosen	1962
Ohne Krimi geht die Mimi nie ins Bett	1962
Rote Lippen soll man küssen	1963
Im singenden Rössel am Königssee	1963
Liebesgrüße aus Tirol	1964

Frühstück mit dem Tod 1964
Die große Kür 1964
Ruf der Wälder 1965
Happy End am Wolfgangsee 1966
Susanne, die Wirtin von der Lahn 1967
(als François Legrand)
Das große Glück 1967
Otto ist auf Frauen scharf 1968
Der Turm der verbotenen Liebe 1968
Frau Wirtin hat auch einen Grafen 1968
Frau Wirtin hat auch eine Nichte 1969
Warum hab ich bloß 2 x ja gesagt? 1969
(als François Legrand)
Liebe durch die Hintertür 1969
Frau Wirtin treibt es jetzt noch toller 1970
Frau Wirtin bläst auch gern Trompete 1970
Musik, Musik – da wackelt die Penne 1970
Außer Rand und Band am Wolfgangsee 1971
Mein Vater, der Affe und ich 1971
Einer spinnt immer 1971
Die lustigen Vier von der Tankstelle 1972
Was geschah auf Schloß Wildberg 1972
Blutjung und liebeshungrig 1972
Frau Wirtins tolle Töchterlein 1973
(als François Legrand)
Blau blüht der Enzian 1973
Wenn Mädchen zum Manöver blasen 1974
Zwei tolle Hechte – Wir sind die Größten 1975
(als François Legrand)
Naughty Roommates 1975
Ab morgen sind wir reich und ehrlich 1976
(als François Legrand)
Casanova & Co. 1977
Das Love-Hotel in Tirol 1978
Traumbus 1979
Der Bockerer 1981
Johann Strauß – Der König ohne Krone 1987
Der Bockerer II – Österreich ist frei! 1996
Der Bockerer III – Die Brücke von Andau 2000
Der Bockerer IV – Prager Frühling 2003

Eingeschränkt

Zwischen 1526 (Stadtordnung) und 1861 bzw. 1869 (Februarpatent, Oktoberdiplom) war Wien nur sehr eingeschränkt autonom.

Die Nieten der Postsparkasse

Für die Fassade der aus Ziegeln errichteten Postsparkasse verwendete Otto Wagner Granit. Als „architektonische Rechtfertigung" für die Verkleidung stellte er die Art der Befestigung optisch zur Schau: Die 10–15 cm dicken Granitplatten wurden an den vier Eckpunkten durchbohrt und mit Aluminiumknöpfen am Mauerwerk befestigt. Unter anderem sollte das die Antwort auf eine der großen Baulügen der vorangegangenen Jahrzehnte sein: das Vortäuschen von massivem Naturstein bei den fast immer gegossenen Gründerzeitfassaden.

Vier Millionen Wiener

Der 1894–1904 errichtete Abwässerkanal entlang des Donaukanals entsorgte auf seiner linken, sieben Kilometer langen Strecke bei seiner Errichtung ein Gebiet mit rund 40.000 Einwohnern. Der größere, 16,6 km lange rechte war auf eine potentielle Bevölkerung Wiens von *vier Millionen* dimensioniert. Allerdings würde er aufgrund der Tatsache, dass der Wasserverbrauch seit damals um einiges gestiegen ist, dafür heute bei weitem nicht mehr ausreichen. Wien ist übrigens die einzige Großstadt der Welt, die zu Beginn des 20. Jahrhunderts mehr Bewohner hatte als an dessen Ende. Die Zahl von über 2 Millionen Wienern (um 1910) wurde bis heute nicht wieder erreicht.

Drei Türme

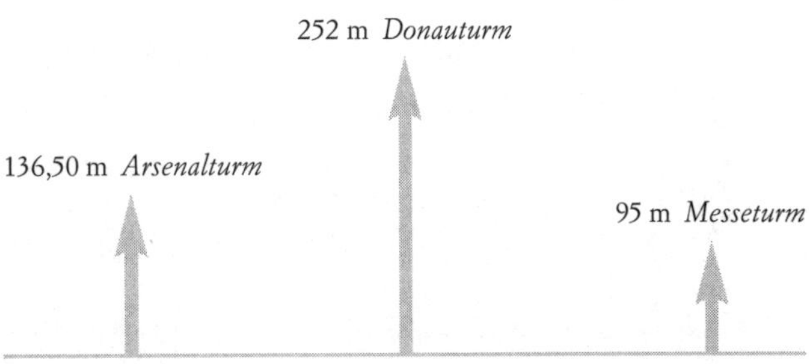

Alte Ringnamen

Dr.-Ignaz-Seipel-Ring
(Burgring, bis 1940 und nach 1945–1949)
Franzensring
(Dr.-Karl-Renner-Ring, Dr.-Karl-Lueger-Ring, bis 1919)
Josef-Bürckel-Ring
(Burgring, 1940–1945)
Kaiser-Karl-Ring
(Opernring, 1917–1919)
Kaiser-Wilhelm-Ring
(Parkring, 1910–1919)
Kaiserin-Zita-Ring
(Kärtner Ring, 1917–1919)
Kolowratring
(Schubertring, bis 1928)
Mölkerring
(Dr.-Karl-Renner-Ring, Dr.-Karl-Lueger-Ring)
Parlamentsring
(Dr.-Karl-Renner-Ring, 1949–1956)
Ring des 12. November
(Dr.-Karl-Renner-Ring, Dr.-Karl-Lueger-Ring, 1919–1934)

Von Stromtoten und Wasserleichen

Das Wiener „Elektropathologische Museum" in der Gomperzgasse in Ottakring, im Volksmund auch liebevoll „Museum für Stromtote und Wasserleichen" genannt, war eine Kuriosität für sich. Inhaltlich zwischen einer medizinisch-pathologischen und einer elektrotechnischen Sammlung angesiedelt, konnte man sich hier über alle medizinischen Aspekte der Elektrizität informieren: Mangelhafte Geräte waren hier ebenso ausgestellt wie ihre Auswirkungen, das heißt Verletzungen, deren Spuren und Heilungsverlauf, Folgen des direkten und indirekten Berührens, Gefahren durch Störlichtbogen, elektromagnetische Felder, Blitzschläge … Bekannt ist etwa die Geschichte von dem Mann, dem die Heizung seines Aquariums voll tropischer Fische ausgefallen war. In Sorge um seine Lieblinge ergriff er flugs ein Bügeleisen und steckte es zwecks Erwärmung ins – schon leicht abgekühlte – Wasser. Das Bügeleisen war – neben Teilen des Mannes – in diesem Museum zu bewundern. Neben dem reinen Gruselaspekt bot das Museum auch Informatives zu den Themen Gefahrenprävention, Blitzschutz und Erste Hilfe.
2002 musste es allerdings aus Geldmangel schließen.

Zwerge

Im 16. Jahrhundert waren („schön gewachsene“) Zwerge bei Hofe groß in Mode. 1568 fand in München ein Fest statt, wo als 21. Schauessen eine große Pastete aufgetragen wurde, in welcher des Erzherzogs Ferdinand von Österreich Zwerglein verborgen war. Die Pastete wurde auf die fürstliche Tafel gesetzt und geöffnet, worauf ein „drei Spannen langes Zwerglein“ in einem wohlgeputzten Kürass und ein Rennfähnlein in der Hand daraus hervorsprang, auf der Tafel umherging, sang und den hohen Anwesenden „mit gar gebührender und sittsamer Reverenz“ die Hand reichte. Ein Vorgänger der Mädchen in den Torten.
Im Jahre 1622 wurde dann in Wien eine Zwergenhochzeit veranstaltet, zu der ausschließlich Zwerge eingeladen waren.

Lucken

Unter Lucken *(Lukken, Luckchen)* verstand man früher kleine slumartige Ansiedlungen zwischen der heutigen Ringstraße und der Lastenstraße (Glacis), die meist nur mit Planken oder Hecken eingezäunt waren. 1683 ließ sie Graf Starhemberg niederreißen, um den Türken keine Deckungsmöglichkeiten zu geben.

Folgende Namen sind heute noch bekannt:

Bären Lucken . . . . 4. Bezirk
Brunn Lucken 1314
Enge Lucken
Fund Lucken
Gärtner Lucken . . . . 3. Bezirk, 1398
Hühner Lucken . . . . 1. Bezirk, 1295
Kater Lucken . . . . . 1. Bezirk, vor dem Kärntner Tor, 1342
Kleber Lucken 1312
Kot Lucken . . . . 4. Bezirk, vor dem Kärntner Tor
Kropf Lucken . . . . 1. Bezirk
Lur-Lucken . . . . 4. Bezirk, vor dem Kärntner Tor, 1369
Neu Lucken 1314
Ofen Lucken . . . . 1. Bezirk und 4. Bezirk, 1402
Refel Lucken . . . . 4. Bezirk
Rosen Lucken . . . . 4. Bezirk; 1211
Schaufler Lucken . . . . 1. Bezirk
Schebenzer Lucken . . . . vor dem Stubentor
Spital Lucken . . . . 4. Bezirk, 1461
Sterzer Lucken . . . . 4. Bezirk

Riesenrad, exakt

Die Achse des von den englischen Konstrukteuren Basset und Hitchins errichteten und am 25. Juni 1897 eröffneten Riesenrads liegt genau in Ost-West-Richtung, das Rad dreht sich daher genau in Nord-Süd-Richtung. 1938 wurde der jüdische Besitzer enteignet und das Riesenrad wie so viele andere Gebäude der Stadt „arisiert".

Sex-Museum

Das Sexmuseum im Wiener Wurstelprater war eigentlich eher das letzte Kuriositätenkabinett des Vergnügungsparks – außer man wollte die zeitweise angeschlossene Peep-Show und deren Damen uncharmant als museal bezeichnen.
Zu sehen gab es afrikanische Penis-Ringe, verwachsene Embryonen und harmlose Sexfilmchen in vorsintflutlichen Münzautomaten. Dennoch hatte das Sexmuseum im Prater einen hohen Bekanntheitsgrad, bis es endgültig als nicht mehr in den Familienrummel passend geschlossen wurde.

Einige Alt-Wiener Gerichte

SUPPEN UND SUPPENEINLAGEN

Rindsuppe mit Marknockerln
Rindsuppe mit Bröselknödeln
Rindsuppe mit Kohlschöberln
Rindsuppe mit Milzschöberln
Rindsuppe mit Schinkenschöberln
Rindsuppe mit Lungenstrudel
Fischbeuschelsuppe vom Karpfen
Gulaschsuppe

FLEISCHGERICHTE UND INNEREIEN

RIND

Gekochtes Rindfleisch mit
Apfelkren, Oberskren oder Semmelkren
Rostbraten „Esterhazy"
Wiener Zwiebelrostbraten
Wiener Lungenbraten
Reisfleisch
Gulasch, Wiener Art
Fiakergulasch

KALB

Kaiserschlegel
Kalbsrücken „Metternich"
Wiener Schnitzel
Eingemachte Kalbsbrust

SCHWEIN

Schweinsbraten Wiener Art
Krenfleisch

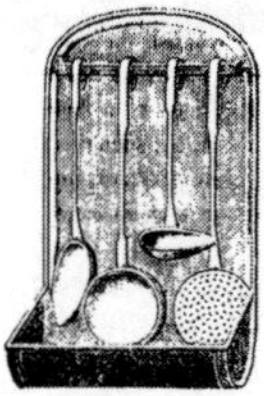

GEFLÜGEL

Wiener Backhendl
Einmachhuhn
Paprikahühner

INNEREIEN

Kalbsbeuschel, Wiener Art
Geröstete Nierndln
Geröstete Leber
Hirn mit Ei
Gebackenes Hirn
Hirnpofesen
Blunzngröstl

BEILAGEN UND GEMÜSE

Zwiebelnockerln
Serviettenknödel
Geröstete Erdäpfel
Gestürzte Kartoffeln
Eingebrannte Kartoffeln
Eingebrannte Erbsen oder Bohnen
Krautstrudel

MEHLSPEISEN UND ANDERE DESSERTS

Palatschinken
Topfenpala
Rahmpalatschinken
Kaiserschmarrn
Kaiseromelett
Alt-Wiener Apfelstrudel
Millirahmstrudel
Mohr im Hemd
Kaiserkoch
Wiener Weinkoch
Wiener Creme
Sachertorte
Gugelhupf
Dobostorte
Nussschaumtorte
Vanillekipferln
Faschingskrapfen
Indianerkrapfen

(zitiert nach „Wiener Küchenschätze“, Gisela Allkemper, 1983, Verlag Wolfgang Hölker, Liste ergänzt)

Einige Wienerische Ausdrücke mit jüdischer Wurzel

Bahöö
Lärm, Tumult .... *pache = Lärm*
Beisl
Kneipe .... *bajdl = Hütte, Zelt*
Chuzpe
Frechheit .... *chuzpe = Frechheit, Unverschämtheit*
Ezzes
Ratschläge .... *Ejze = (guter) Rat*
Gannef
Gauner .... *ganef = Dieb*
Haberer
Freund .... *chawer = Genosse, Kamerad, Gefährte (davon auch: habern = wr. f. Essen)*
Kischef
Pech, Missgeschick .... *kischew = Zauberei*
malochn
(hart) arbeiten .... *meloche = Handwerk*
Masl/Masn
Glück .... *masl = Schicksal, Glück*
Mezzie
Schnäppchen .... *mezie = billiger Kauf*
Mischpoche
Familie .... *mischpoche = Familie*
Nebbich
unbedeutend(er Mensch) ..... *nebech = Jüd. Ausdruck des Bedauerns*
Nebochant
Nichts-Haber ..... *bocher = Junggeselle, junger Bursche s. a. Nebbich*
pledern/bledern
schnell fahren .... *plejderen = fliehen, sich davon machen*
Ponem
Gesicht .... *ponem = Gesicht*
Schammes
Diener .... *Schammeß = Synagogendiener*
Schmäh
Schmäh .... *schmàj = Erzählung*
Schmattes
Trinkgeld .... *schmáteß = Fetzen, Lappen (plur.)*
Schmier
Polizist .... *schmiro = Wächter; schmire = Wache*
Schmonzes
Blödsinn .... *schmonzeß = Blödsinn*

Toches
Hintern . . . . *Tocheß = Hintern*
tschechern
trinken, saufen . . . . *schochar (hebr. = trinken)*
Untam
ungeschickter Mensch . . . . *tam = Geschmack*
(davon auch: betamt = wr. f. begabt)

Umzug

Der Umzug zum 60-jährigen Regierungsjubiläum Franz Josephs I. wurde in Wien am 12. Juni 1908 abgehalten und zum Teil von Oskar Kokoschka gestaltet.

Die „Neue Freie Presse" notierte dazu:

„Heute war das Schauspiel einer Vereinigung von Männern und Frauen fast aller Nationalitäten an einem Punkt und in einem Zweck zu sehen. Ein Schauspiel, aber ach, ein Schauspiel nur. Aber doch ein solches, das alle Blicke und Sinne an sich riß, das von allen Seiten bejubelt wurde und das für Wien vielleicht eine kleine Anschauungslehre in der Vaterlandkunde bedeutet hat. Wer hat näheres von den Huzulen gewußt, den braunen Reitern mit den phantastischen Umhängen, wer hat die polnischen, ruthenischen Typen genauer gekannt, die Rumänen, die Großrussen, die Lipowaner, die alle in der kleinen Bukowina wohnen? Das alles ist Österreich …
Österreich ist jedoch ein Staat, der verschiedene Nationen zur politischen Einheit in sich schließen muß, wenn er bestehen will, und dessen Existenzbedingung diese Vereinigung ist, die heute im Festzug sinnfällig wurde.
Aus dem Festzuge konnte Wien Jahrhunderte der österreichischen Geschichte und Jahrzehnte österreichischer Politik verstehen lernen. Das Bild der Nationalitäten in ihrer schönen Vereinigung wird aber nicht ganz aus der Erinnerung verschwinden. So ausschließlich sie war, so schwerwiegend zeigt sie die Notwendigkeit der inneren Einigung. Der nationale Friede ist die Sehnsucht aller, der nationale Hader zerstört die Kultur."

Beethovens letzter Wille

Typisch Wien: Der Ort, an dem Beethoven seinen Nachlass ordnete, ist heute eine Attraktion und trägt den passenden Namen „Heiligenstädter Testamenthaus".

Einiges zur Wiener Militärmusik

- Im Jahre 1740 wurde der Gleichschritt in der österreichischen Armee eingeführt, allerdings konnte man sich über hundert Jahre lang nicht einigen, wie viele Schritte ein Fußsoldat denn nun pro Minute zu machen hätte. Die übliche Zahl lag zwischen 104 oder 110 Schritte, daher gab es auch „langsame" und „schnelle" Regimenter.
  Die Regimentsmusik wurde dem Tempo einigermaßen angepasst. Die Mehrzahl der Märsche wurde aber sowieso eher zum Tanzen als zum Marschieren komponiert.
  1853 wurde das Marschtempo der Infanterie auf Gleichschritt 104/Minute festgelegt.

- Der weltbekannte Zirkusmarsch *Einzug der Gladiatoren* am Beginn jeder Vorstellung stammt vom k.u.k. Militärkapellmeister Julius Fuzik.

- Bei einer Auslandstournee der Deutschmeistermusik – erstmals in Berlin – bemerkte ein deutscher Musikkritiker zu einem mitgereisten Wiener Kollegen:
  „Ick kann nüscht verstehn, wie sie det machen.
  Bei uns klingt det immer janz anders."
  Darauf der Wiener: „Ja, sehn S', lieber Herr Kollege, bei ihnen spielt man nur die Noten. Wir spielen auch das, was dazwischen steht."

Die 10 höchsten Gebäude in Wien

202 m	*Millennium-Tower*
150 m	*Hochhaus Neue Donau (Harry-Seidler-Turm)*
138 m	*Twin Towers(I) am Wienerberg*
130 m	*IZD-Tower*
127 m	*VIC Building B (UNO-City)*
126 m	*Twin Towers(II) am Wienerberg*
113 m	*Andromeda-Tower*
113 m	*Florido-Tower*
110 m	*Mischek-Tower*
105 m	*Rathaus (inkl. Rathausmann)*

Fast alle Titel Kaiser Franz Josephs

„Von Gottes Gnaden Kaiser von Oesterreich; König von Hungarn und Böhmen, König der Lombardei und Venedigs, von Dalmatien, Croatien, Slavonien, Galizien, Lodomerien und Illirien, König von Jerusalem etc.; Erzherzog von Oesterreich; Großherzog von Toscana und Krakau; Herzog von Lothringen, von Salzburg, Steyer, Kärnthen, Krain und der Bukowina, Großfürst von Siebenbürgen; Markgraf von Mähren; Herzog von Ober- und Nieder-Schlesien, von Modena, Parma, Piacenza und Guastalla, von Auschwitz und Zator, von Teschen, Friaul, Ragusa und Zara; gefürsteter Graf von Habsburg, von Tirol, von Kyburg, Görz und Gradiska; Fürst von Trient und Brixen; Markgraf von Ober- und Nieder-Lausitz und in Istrien; Graf von Hohenembs, Feldkirch, Bregenz, Sonnenberg etc. Herr von Triest, von Cattaro und auf der windischen Mark."

Licht aus

Die letzte Wiener Gaslaterne erlosch feierlich im Beisein von Bürgermeister Franz Jonas am 27. November 1962 vor dem Haus Sauragasse 28 im 13. Bezirk.

Per Schiff nach Wiener Neustadt

In den Jahren 1797 bis 1803, als die Eisenbahn noch kein Thema war, wurde der „Wiener Neustädter Kanal" erbaut, der Wien mit Wiener Neustadt per Wasserstraße verband. Ursprünglich sollte er bis Triest weitergebaut werden, wurde aber 1879 aufgelassen und in den Jahren 1928 bis 1935 in Wien zugeschüttet. Außerhalb von Wien existieren aber noch viele Kanalteile.

Der Wiener Neustädter Kanal war 61 km lang, überwand einen Höhenunterschied von 93 m und hatte 52 Schleusen sowie mehrere Aquädukte.

Auf Kähnen, teilweise mit über 30 Tonnen Tragfähigkeit, die von einem einzigen Pferd gezogen wurden, beförderte man vor allem Lasten wie Steinkohle, Holz und Ziegel. Inklusive Beladung nahm die Fahrt etwa drei Tage in Anspruch.

Der Wiener Endhafen befand sich zuerst vor dem Invalidenhaus (Wien Mitte), später beim nachmaligen Aspangbahnhof. Als die Konkurrenz der Schiene übermächtig wurde, beendete man die Schifffahrt. Teile des alten Kanalbettes werden heute noch von der Schnellbahn befahren.

Alle Kinder Maria Theresias und Franz I. Stephans

Maria Elisabeth	*1737 †1740
Maria Anna	*1738 †1789
Maria Karolina	*1740 †1740
Joseph	*1741 †1790
Maria Christina	*1742 †1798
Maria Elisabeth	*1743 †1808
Karl Joseph	*1745 †1761
Maria Amalia	*1746 †1804
Leopold	*1747 †1792
Maria Karolina	*1748 †1748
Johanna Gabriela	*1750 †1762
Maria Josepha	*1751 †1767
Maria Karolina	*1752 †1814
Ferdinand Karl Anton	*1754 †1806
Maria Antonia (Marie Antoinette)	*1755 †1793
Maximilian Franz	*1756 †1801

Der grosse Chinese

Basilio Calafati, geboren am 1. Jänner 1800 in Triest, war unter anderem Karussell- und Gasthausbesitzer im Wiener Prater. Die von ihm anstelle eines Karusselmastes errichtete Figur des „Großen Chinesen" gilt als eines der Wahrzeichen des Praters – und wird seit damals von den Wienern selber „Calafati" genannt.

Von Rehen und Hasen

Seit Karl Kraus es als Erster aussprach, gilt es als offenes Geheimnis, dass Felix Salten nicht nur Autor der Bambi-Bücher (1923: *Bambi – Eine Lebensgeschichte aus dem Walde,* 1940: *Bambis Kinder – Eine Familie im Walde),* sondern auch der Mutzenbacher-Bücher (1906: *Josefine Mutzenbacher. Die Geschichte einer Wienerischen Dirne. Von ihr selbst erzählt)* ist.

Weniger bekannt ist, dass er noch eine ganze Reihe anderer Bücher verfasste, u. a. weitere Tiergeschichten – auch über einen Lippizzaner.

Bibliographie (Auswahl):

1907 . . . *Herr Wenzel auf Rehberg und sein Knecht Kaspar Dinckel*
1910 . . . . *Olga Frohgemuth*
1911 . . . . Essay: *Wurstelprater*
1922 . . . . Essay: *Das Burgtheater*
1927 . . . . *Martin Overbeck*
1929 . . . . *15 Hasen*
1933 . . . . *Florian – Das Pferd des Kaisers*
1945 . . . . *Djibi, das Kätzchen*

„Die Mutzenbacherin“ befindet sich trotz mehrerer Anfechtungen aufgrund der Kunstfreiheit bis zum Bundesverfassungsgericht in Deutschland auf dem Index (Liste der jugendgefährdenden Schriften). Begründung: Kinderpornografie.

Die auf optischen Eindrücken des Zeichentrickfilms beruhende ironische Anmerkung europäischer Besserwisser, bei Disney hätte man wohl nicht gewusst, dass aus einem Rehkitz kein Hirsch heranwächst (Rehbock-Reh-Rehkitz vs. Hirsch-Hirschkuh-Hirschkalb), dürfte tatsächlich ins Leere gehen: Offenbar handelt es sich beim für den Film *Bambi* als Grundlage für die Zeichnungen verwendeten Wild um amerikanische Weißwedelhirsche, deren Kälber europäischen Rehkitzen recht ähnlich sehen.

Das kleinste Haus

Das kleinste Haus Wiens befindet sich in der Breiten Gasse 20 (eigentlich ohne Türnummer neben dem Barockhaus „Zum weißen Hirschen“ mit der Hausnummer 18) an der Ecke zur Burggasse. Das 1872 errichtete Haus hat nur wenige Quadratmeter Grundfläche, dafür aber einen ersten Stock, und beherbergt einen Uhrmacher.

Einige prominente Wiener Selbstmörder

Jean Améry
Ludwig Boltzmann
Egon Friedell
Gerhard Fritsch
Ferdinand Raimund
Alfred Redl
Erzherzog Rudolf
Ferdinand von Saar
Otto Weininger
Stefan Zweig

Almas Männer
(Auswahl)

Walter Gropius (Ehe)
Johannes Hollnsteiner (Priester)
Oskar Kokoschka
Gustav Mahler (Ehe)
Franz Werfel (Ehe)
Alexander Zemlinsky

Moscheen in Wien

Die erste Wiener Moschee sollte bereits unter Kaiser Franz Joseph und Dr. Karl Lueger in Wien errichtet werden. Der Ausbruch des Ersten Weltkriegs stoppte das Vorhaben.

Heute findet man in folgenden Straßen in Wien Moscheen und moslemische Gebetsstätten:

Am Hubertusdamm
Antonsplatz
Arnsteingasse
Bernardgasse
Billrothstraße
Buchengasse
Columbusgasse
Dammstraße
Embelgasse
Garbergasse
Gentzgasse
Goldschlagstraße
Grillgasse
Hasnerstraße
Hertelgasse
Hofmühlgasse
Jägerstraße
Kauerhof
Keinergasse
Kundmanngasse
Leitgebgasse
Lindengasse
Löschenkohlgasse
Mariengasse
Murlingengasse
Neilreichgasse
Niederhofstraße
Obere Donaustraße
Pernerstorfergasse
Plunkergasse
Praterstraße
Quellenstraße
Raffaelgasse
Rauchfangkehrergasse
Rauscherstraße
Reinlgasse
Salzachstraße
Schönbrunner Straße (2)
Schottenfeldgasse (2)
Sebastian-Kehl-Gasse
Springergasse
Taborstraße
Taubergasse
Thelemangasse
Volksgartenstraße
Währinger Gürtel (2)
Wendgasse

Mozart, Schubert, Coca Cola

Giacomo Biffi, der Erzbischof von Bologna (* 13. Juni 1928, Mailand), der als äußerst „papabile" galt und auch schon die italienische Regierung zur Bewahrung der „nationalen Identität" und zum Bevorzugen katholischer Einwanderer aufforderte, versuchte, die Musik Mozarts und Schuberts als „zu heidnisch" aus der katholischen Messe zu entfernen. Außerdem verglich er die Priesterschaft von Frauen damit, Messwein durch Coca-Cola zu ersetzen.

Urban Legends

- Das Wiener Schnitzel stammt nicht aus Wien, sondern aus Mailand.
- Der Kaffee war schon vor der Türkenbelagerung in Wien bekannt.
- Das Kipferl gab es ebenfalls schon vor den Türken und es erinnert nicht an deren Halbmondfahne.

Steine

Der Steinbruch in St. Margarethen (Nähe Neusiedler See) war für das Wien der Gründerzeit von eminenter Bedeutung. Viele Ringstraßenbauten wie die Universität, das Rathaus, die Börse, die Oper, das Burgtheater, die Museen usw. wurden mit Baumaterial aus St. Margarethen errichtet. Es gibt dort sogar eine so genannte „Stephanswand", aus der noch immer Steine für den Dom, d. h. für Restaurierungsarbeiten gebrochen werden.

… und das Geld vom Rothschild

Die 1837 eröffnete Kaiser-Ferdinand-Nordbahn war die erste österreichische Dampfeisenbahnlinie und wurde von Salomon Rothschild finanziert. Das 1938 fertiggestellte Bahnhofsgebäude am Praterstern wurde zwischen 1858 und 1865 von Theodor Hoffmann in romantischer Einheit romanischer, gotischer, byzantinischer und maurischer Formen umgestaltet. Die reiche Farbigkeit vor allem der Hallenräume, eines prunkvollen Hofsalons und eines Warteraums für das höhere Publikum, war von großer Theatralik und für Bahnhofsarchitektur in diesen Dimensionen unüblich.

Gedenk-Photonen

2004 wurde eine Gedenktafel in der Schottenfeldgasse 60 angebracht, die an die Vergangenheit des Hauses als jüdisches Bethaus und hebräische Sprachschule erinnert. Das vormals einzige jüdische Bethaus in Neubau wurde während des Novemberpogroms im Jahr 1938 zerstört. 1940 wurde das Haus von den Nazis unrechtmäßig enteignet und auch nach dem Ende der Nazizeit nicht restituiert. Da die Hauseigentümer die Anbringung einer Gedenktafel seit den ersten Bemühungen im Jahr 1988 bis heute untersagen, regte die Sozialistische Jugend Neubau 2000 an, die Gedenktafel nicht an der Hausmauer, sondern zehn Zentimeter vor dem Haus – und damit auf öffentlichem Grund – zu errichten.

Unter mehreren Vorschlägen wurde schließlich ein Entwurf ausgewählt, der ein Gedicht Erich Frieds präsentiert und dessen Inschrift durch die Metallplatte durchgefräst wurde. Der Sonneneinfall lässt die Inschrift auf der Hausmauer erscheinen. Es entsteht eine Gedenktafel aus Licht.

Franzls Abschüsse

Kaiser Franz-Joseph, ein passionierter Jäger, erlegte, wie das Hofjagdbüro registrierte, stets die weidmännische Ethik achtend bei „Allerhöchsten Hofjagden“ insgesamt 50.520 Tiere.

Darunter:	1436 Hirsche	4597 Kaninchen
	2051 Gämsen	18.031 Fasane
	1442 Sauen	8350 Rebhühner
	7588 Hasen	1404 Wildenten

Noch 1910, im Alter von 80 Jahren, erlegte „Franzl“ sechs Zwölfender.

Friedhofsexpress

Wahrscheinlich nur ein Gerücht: Angeblich gab es einst Pläne, ein neues Krematorium am Schwarzenbergplatz zu errichten – und die Särge anschließend per Rohrpost zum Zentralfriedhof zu schicken.

Die einzige Wiener Hexen-Verbrennung

1583 wurde Elisabeth Plainacher aus Mank in Niederösterreich als „Hexe von Wien“ im Alter von 70 Jahren auf der Gänseweide (Weißgerberlände) verbrannt. Vermutlich wurde sie von ihrem Schwiegersohn denunziert, da seine Tochter an einem erschreckenden Leiden (vermutlich Epilepsie) litt und er Hexerei als Ursache annahm.

Pleinacher wurde zuerst als „alte, gebrechliche, geistesschwache Person, die selbst eher ins Spital gehöre als auf den Scheiterhaufen“, freigesprochen, dann aber in der Berufung auf Befehl von Kaiser Rudolf II. der Folter unterzogen, wo sie bald die unglaublichsten Dinge gestand. Sie wurde verbrannt. Ihre Enkelin wurde exorziert, wobei ihr insgesamt 12.652 Teufel und Dämonen ausgetrieben wurden.

Kugelmugel

Als exterritorial ist die Republik Kugelmugel im Wiener Prater zu bezeichnen. Sie besteht aus einem kugelförmigen Haus, das auf einem 64 Quadratmeter großen, mit Stacheldraht umzäunten Gelände steht. Vom Künstler Edwin Lipburger Anfang der 70er-Jahre im niederösterreichischen Katzelsdorf zuerst als „Gemeinde Kugelmugel“ mit ihm selber als Bürgermeister errichtet, wurde der Bau bald zum Streitfall – Lipburger landete wegen „Amtsanmaßung“ im Gefängnis und sein Werk sollte abgerissen werden. Der damalige Wiener Bürgermeister Zilk sprang in letzer Sekunde ein und gewährte Kugelmugel mit den Worten „Irgendwo wer' ma schon ein Platzerl finden“ im Prater Asyl.

Zur Republik aufgestiegen, schuf der nunmehrige Präsident Lipburger nun eigene Staatssymbole und Briefmarken, gab eine Weile eigene Pässe aus, es gab eine Botschaft der Republik Kugelmugel in der Wiener Innenstadt, es wurden kugelmugelsche Trauungen durchgeführt und in den Briefkasten beim Kugelhaus eingeworfene Briefe stellte Lipburger einmal pro Jahr eigenhändig mit dem Fahrrad in ganz Österreich zu. Laut Lipburger versteht sich Kugelmugel sogar als eigener Planet.

Die drei Reichsbrücken

21. August 1876:
Die im Auftrag von Kaiser Franz Joseph I. gefertigte „Kronprinz-Rudolph-Brücke" wird eröffnet.
1919:
Die „Kronprinz-Rudolph-Brücke" wird in „Reichsbrücke" umbenannt.
1934 bis 1937:
Kompletter Umbau – der Name bleibt.
1945:
Die Brücke hat den Krieg überstanden, wird aber nun für einige Zeit „Brücke der Roten Armee" heißen.
1. August 1976:
Ohne Vorwarnung stürzt die Reichbrücke ein.
November 1980:
Wiedereröffnung der – nach neuerlichem Neubau – dritten Reichsbrücke.

Das zehnte Bundesland

Als exterritorial könnte man die Wiener Stadtautobahnen bezeichnen. Um dem Gesetz zu entgehen, das für Ortsgebiete maximal Tempo 50 vorschreibt, steht an jeder Auffahrt zu den Wiener Autobahnen ein „Ortsende Wien"-Schild. Somit gehört etwa die Südosttangente eigentlich nicht zu Wien. Allerdings auch nicht zu Niederösterreich.

Der Heldenberg – eine Tragikomödie in vielen Akten

Die Geschichte des Heldenbergs, seines Besitzers Joseph Gottfried Pargfrieder und der Beisetzung von Feldherr Johann Joseph Wenzel Anton Graf Radetzky von Radetz ist mittlerweile weithin bekannt. Hier dennoch einige der Gustostückerln der unglaublichsten Geschichte der k. u. k. Monarchie:

- Graf Radetzky, der sich unzählige Male und bis ins hohe Alter um Österreich verdient gemacht hatte, war notorisch verschuldet und wurde oftmals vom Kaiser selbst saniert
- wieder einmal verschuldet, „verkaufte" Radetzky das Recht an seiner Leiche, d. h. seiner Bestattung, an den Industriellen, Militärnarren und Lieferanten der kaiserlichen Armee, Joseph Pargfrieder

- dieser – von manchen auch als Psychopath geschildert – ließ auf seinem Grund in Kleinwetzdorf Alleen mit insgesamt 142 Büsten von Kaisern und Helden von fragwürdigem künstlerischem Wert errichten. Die Anlage nannte er „Heldenberg“
- als Herzstück sollte ein Mausoleum dienen, in dem echte Helden der k. u. k. Armee beigesetzt und von echten Veteranen bewacht werden sollten
- als erster „Bewohner“ wurde 1854 Maximilian Freiherr von Wimpffen dort beigesetzt
- als Radetzky am 5. Januar 1858 in Mailand im 92. Lebensjahr starb, wurde seine Leiche nach Wien überführt und sollte – eine der höchsten Ehren – im Stephansdom neben dem Prinzen Eugen ihre letzte Ruhestätte finden
- doch Pargfrieder pochte auf sein Recht und den Vertrag, den auch der Kaiser nicht annullieren konnte
- nach manchen Quellen wollte Franz Joseph die Leiche Radetzkys zurückkaufen und scheiterte am Dickkopf Pargfrieders, nach anderen forderte dieser die unerhörte Summe von 1.000.000 Gulden für den Leichnam, was der Kaiser abgelehnt haben soll
- jedenfalls wurde Radetzky unter Beisein seiner „Apostolischen Majestät“ am Heldenberg beigesetzt und Pargfrieder am Vorabend vom Kaiser noch zum Ritter geschlagen. Denn eine Einladung einer nichtadeligen Privatperson hätte der Kaiser laut Protokoll nicht annehmen dürfen
- als kleine Bosheit wurde dafür nur eine „mindere“ Militärkapelle zur Beisetzung beordert
- Pargfrieder selbst starb 1863 und ist neben Radetzky beigesetzt – in Ritterrüstung und in sitzender Haltung.

Nachbetrachtung

Es ist so eine Sache mit der Wahrheit und dem Wissen. Das kann ihnen jeder Student der Philosophie im ersten Semester bestätigen.
Was ist wahr, was wird nur für wahr gehalten? Und was wird vielleicht absichtlich unwahr weiterberichtet, was vielleicht nur aus Irrtum? Wenn selbst heute trotz penibler elektronischer Aufzeichnungen (nicht nur) Politiker Dinge, die sie noch gestern gesagt haben, plötzlich gar nie so gesagt oder zumindest ganz anders gemeint haben wollen, wie wollen oder können wir dann Berichten über Zahlen, Daten, Fakten und Personen glauben, die Jahrzehnte oder Jahrhunderte zurückliegen?
Beim Recherchieren dieses Buches ist der Autor nicht nur einmal auf Aussagen gestoßen, die in hochseriösen Büchern als unumstößlich wahr berichtet werden, die allerdings in einem anderen – oft jüngeren oder noch seriöseren – Buch als Falschinformation oder Trugschluss hingestellt werden.
Die Wahrheit, oder noch öfter das Wissen, hat's ja an sich nicht leicht und ist, wenn man so will, ein Kind ihrer bzw. seiner Zeit: In allen Geschichtsbüchern dieser Welt steht etwa, dass die Indianer vor ca. 28.000 Jahren erstmals nach Amerika eingewandert sind. Und nun fanden Forscher plötzlich versteinerte menschliche Fußspuren in Mexiko, die definitiv 40.000 Jahre alt sind! Für die Wissenschaft heißt das wieder einmal, Pech gehabt, zurück an den Start. Ähnlich sieht's mit dem Wissen um das Aussterben der Dinosaurier, um die Existenz außerirdischer Planeten oder die Dunkle Materie im Universum aus.
Zeitungsartikel und populäre Sachbücher transportieren also in den meisten Fällen Informationen tatsächlich nur vom Hörensagen. Das Internet, trotz vieler Meriten eher die Bassena-Tratschbörse des neuen Millenniums und randvoll mit unbewiesenen Behauptungen, verschlimmert die Situation in vielen Fällen noch.
Doch selbst die exakte Wissenschaft, auch wenn sie mit dicken Wälzern und Hunderten Fußnoten daherkommt, hilft – zumal dem Normalsterblichen – bei der Suche nach Wissen und Wahrheit oft nicht wirklich weiter. Haben doch manche Objekte der Wissbegierde die Eigenschaft, sich gleichsam vor den Augen des Betrachters aufzulösen, je näher man sie besieht.
Sprechen Sie doch einmal mit einem Botaniker harmlos über Obst und Gemüse, dann werden Sie beispielsweise erfahren, dass Erdbeeren eigentlich keine Beeren sind, sondern *Sammelnussfrüchte,* Erdnüsse dafür keine Nüsse, sondern *Hülsenfrüchte,* andererseits Bananen, Gurken und Kürbisse aber tatsächlich *Beeren.*
Ja, oft will man's gar nicht so genau wissen!

Und wer sagt zum Beispiel, dass all die überlieferten liebenswerten bis vertrottelten Zitate von Kaiser Ferdinand I. nicht aus ganz anderen Motiven in die Welt gesetzt wurden – etwa um ihn, warum auch immer, zu diskreditieren? Niemand von uns war dabei. Und selbst wenn die Ohrenzeugen lauter und ihre Berichte akkurat waren, wer sagt, dass die Weitergabe reibungslos funktioniert oder sie sich nicht nur verhört haben? Jeder, der auch nur einmal eine Runde „Stille Post" gespielt hat, weiß, wovon ich rede …

Fast noch schlimmer ist's bei der Etymologie. Ein Beispiel:

„Fierales"

> *Wienerisch für niedere Tätigkeiten, notwendige, aber leidige Arbeiten*
> *Ablt. „Fierales mochn" = gründlich aufräumen*
>
> → Vermutlich auf tschechische Arbeitsuchende um 1900 zurückgehend, die „für alles", also billig arbeiteten oder aber fälschlich sagten „Ich [bin] fir alles" (= Ich mache alles)
> Möglicherweise auch von *mhd.* „fuoren alesna" – „die Ahle aufheben/bringen" oder *lat.* „vir alienus" – fremder Mann, ev. im Sinne von „Fremdarbeiter"
> Unwahrscheinlich: *jidd.* „fun álef (bis tov)" = von A (bis Z)

Interessant, oder? Leider sind das angebliche wienerische Wort und seine theoretische Herkunft schlicht vom Autor dieser Zeilen erfunden, wenn auch die sprachlichen „Wurzeln" völlig korrekt zitiert sind. Aber ich versichere ihnen, in der echten Wortherkunftskunde geht's oft ähnlich – sagen wir mal: exakt – zu.
Also was tun, wenn man trotz allem ein Buch über interessante Fakten schreiben möchte, statt, sagen wir, lieber gleich angeln oder surfen zu gehen? Nun, man wägt ab und entscheidet sich nach reiflicher Überlegung in den meisten Fällen für die seriösere Quelle, manchmal für die wahrscheinlichere Interpretation und möglichst selten – trotz großer Versuchung – für die amüsantere Story. Und hofft auf die Gnade und das Verständnis der Leser, der Wissenschaftler und Besserwisser.

Übrigens: Das Wort „Wien" kommt
in diesem Buch 234-mal vor.
Falls Sie mir das glauben!

Harald Havas